CRISTAL POLONÊS

LETICIA
WIERZCHOWSKI

CRISTAL POLONÊS

BERTRAND BRASIL
Rio de Janeiro | 2018

Copyright © 2003 by Leticia Wierzchowski

4ª edição
1ª edição pela Bertrand Brasil

Texto revisado segundo o novo
Acordo Ortográfico da Língua Portuguesa

2018
Impresso no Brasil
Printed in Brazil

CIP-BRASIL. CATALOGAÇÃO NA PUBLICAÇÃO
SINDICATO NACIONAL DOS EDITORES DE LIVROS, RJ

W646c
Wierzchowski, Leticia, 1972-
Cristal polonês / Leticia Wierzchowski. – 4ª ed.–
Rio de Janeiro: Bertrand Brasil, 2018.

ISBN 978-85-286-2323-9

1. Ficção brasileira. I. Título.

18-48892
CDD: 869.3
CDU: 821.134.3(81)-3

Meri Gleice Rodrigues de Souza – Bibliotecária CRB-7/6439

Todos os direitos reservados. Não é permitida a reprodução total ou parcial desta obra, por quaisquer meios, sem a prévia autorização por escrito da Editora.

Direitos exclusivos de publicação adquiridos pela:
EDITORA BERTRAND BRASIL LTDA.
Rua Argentina, 171 – 2º andar – São Cristóvão
20921-380 – Rio de Janeiro – RJ
Tel.: (21) 2585-2000 – Fax: (21) 2585-2084

Atendimento e venda direta ao leitor:
mdireto@record.com.br ou (21) 2585-2002

*Esta história é para Leti e para Lisi.
E pro Marcelo, meu polonesinho.*

Guardar uma coisa não é escondê-la ou trancá-la.
Em cofre não se guarda coisa alguma.
Em cofre perde-se a coisa à vista.
Guardar uma coisa é olhá-la, fitá-la, mirá-la por
admirá-la, isto é, iluminá-la ou ser por ela iluminado.
(...)
Por isso, melhor se guarda o voo de um pássaro
Do que de um pássaro sem voos.
Por isso se escreve, por isso se diz, por isso se publica,
por isso se declara e declama um poema:
Para guardá-lo:
Para que ele, por sua vez, guarde o que guarda:
Guarde o que quer que guarda um poema:
Por isso o lance do poema:
Por guardar-se o que se quer guardar.

ANTONIO CICERO

O casaco da tia Sara tinha ficado muitos meses guardado no armário da *máma*.

Apesar do tanto que o cobicei, restou para sempre em mim a incômoda sensação de ter sido ele o estopim dos acontecimentos que se precipitaram sobre nós naquele tempo.

Vertiginosamente.

Mas também eu sempre tive esse estranho hábito de relacionar coisas e pessoas, objetos e datas, cheiros e sentimentos, sem dimensionar lé com cré. E tendo vivido uma vida onde a grande maioria das coisas ao meu redor tinha sido antes de outrem, era fácil para mim acusá-las, justa ou injustamente, das vivências que me sucediam.

Com aquele casaco aconteceu exatamente assim, embora nada disso importe, ou tudo importe, no final.

Era um casaco de um tom de azul-claro, um azul de céu invernal, um tanto desmaiado. Tinha botõezinhos perolados, redondos, vinte ao todo. Aquele casaco, que me parecia tão elegante, tinha sido deixado de lado pela irmã mais velha da *máma* havia muito. E então, como ela fazia todo ano, quando juntava as roupas que sua família deixara de usar, o casaco azul acabara em nossa casa. Ele e todo o resto dos sobejos que perfaziam o conteúdo da caixa do correio que chegava sempre no final de cada inverno.

Isso acontecia duas ou três vezes ao ano: as caixas com roupas que os parentes mais abastados nos mandavam. Tia Sara, tio Josef e tia Maria recolhiam o excedente dos seus armários e mandavam para a gente.

Era um bom jeito de fazer caridade, ajudar a parte pobre da família Lovanski.

As coisas iam para longe, mas não se perdiam. Era possível recuperá-las se houvesse algum laivo de arrependimento, como certa vez aconteceu com uma penteadeira que tio Josef nos mandou. Tinha sido de muito uso para a *máma*, porém o foi somente por cerca de dois meses. Logo depois, tio Josef pediu-a de volta sem muitas explicações. Serviria para alguma invenção de Stalin, seu filho mais velho.

Assim, aquelas gavetas, que por cálidos dias acolheram a parca toalete da *máma*, acabaram tendo destinação mais triste. Foram parar na oficina de invenções do chato do Stalin. E, poucos meses depois, por coisa de um acidente com uma serra ou algo parecido, acabaram seus dias num lixão, servindo de guarida para as baratas.

Foi a única penteadeira que a *máma* teve, e ainda posso me recordar de uma certa noite, quando ela se mirava no espelho, tal qual uma dama do cinema, e eu a olhava, de um canto do pequeno quarto, cheia de encanto.

Nunca a vi tão bela como naquela vez, sob a luz baça do abajur. Ajeitava os cabelos claros e muito lisos, cuidadosamente, fio por fio, como quem tece um bordado de enxoval. Seu rosto então não exibia a severidade que lhe era característica, mas uma doçura emocionante.

O *táta* e a *máma* não tinham vergonha das sobras remetidas pelos Lovanski mais abastados.

Quando uma daquelas caixas abençoadas chegava, era uma festa em nossa casa. Um bom cristão não pode ter orgulho, era o que eles diziam.

Mamãe, papai, Miti, Paula e eu nos reuníamos na sala, e então a *máma* dava início aos trabalhos, abrindo a caixa com sua velha tesoura de costura. Olhava as roupas, peça por peça. Distribuía-as ou guardava-as na caixa outra vez, caso não servissem ainda em nenhum de nós ou fossem velhas o suficiente para serem descosidas e reaproveitadas de algum outro modo. Com três filhos crescendo rapidamente rumo à adolescência e um orçamento doméstico dos mais frágeis, a *máma* sabia bem que cada blusa ou saia teria seu uso, mais cedo ou mais tarde. E que nenhum botão poderia ser desprezado.

Quando as roupas vinham danificadas, a *máma* as depunha no cesto de palha ao lado da máquina de costura. Era lá que deveriam aguardar pelas madrugadas, quando, após a feitura das encomendas, a *máma* achava um sopro de tempo para ajustar e consertar as doações que os parentes lhe haviam mandado.

Para nós três, Paula, Miti e eu, a chegada de uma dessas grandes caixas repletas de carimbos e envoltas em fita adesiva era como ir às lojas. O *táta*, torneiro mecânico numa empresa dos arredores da cidade, não ganhava o suficiente para promover qualquer luxo ou abundância aos seus filhos.

Lá em casa, vivíamos com pouco. E tudo era contado e planejado para durar o tempo necessário. A comida servida na mesa. Os mantimentos das latas do armário. O leite, a luz, o carvão para o aquecimento no inverno — não podia haver desperdícios.

E os restos da família Lovanski não se restringiam ao nosso vestuário.

O sofá arroxeado da sala tinha pertencido à *badka* Anastácia. A mesa da cozinha exibia as marcas de uma vida inteira sob o teto de tio Josef (e até mesmo tinha o desenho de um pássaro desengonçado, talhado pelo canivete do primo Valich).

O fogão velho também viera da casa da *badka,* cuja morte por tuberculose acabara por mobiliar nosso lar com os saldos de uma longa e dificultosa vida no interior do Paraná.

Tínhamos um quadro trazido da Polônia — orgulho de minha mãe — que nada mais era do que um *gobelin* desbotado. Nele, se via uma paisagem campestre ordinária e feliz. A *máma* sempre dizia que, de tantas gerações que haviam vivido com fartura e sossego nos arredores de Varsóvia até a Revolução Russa, restara-lhe apenas aquele velho quadro e meia dúzia de fotos tão pouco nítidas que nos permitiam olhá-las por horas a fio, adivinhando a cada novo olhar uma imagem mais apropriada aos nossos sonhos de um passado de riquezas que decerto nunca chegou a acontecer.

A *máma* costurava para fora.
Era conhecida na cidade e tinha boa e fiel clientela.
Senhora Janina Slavch.
Era um nome bonito, nome de gente rica.
Os olhos azuis da *máma,* pálidos, seu rosto sereno, suave, quase sempre marcado pelos vincos do cansaço, seu eterno coque de cabelos loiros, finíssimos como um halo — tudo isso me parecia a imagem de uma antiga dama. Uma daquelas damas que viviam em grandes casas. Que tinham muitos vestidos e uma boa criada para os assuntos íntimos.
No mínimo, Janina Slavch parecia uma elegante tutora, como qualquer personagem de romance, e talvez lhe devesse estar destinado um grande amor com o senhor da casa, viúvo rico e dulcíssimo.

Mas que nada.

O faz de conta era coisa de livros e muito cedo tínhamos entendido isso.

A vida tinha caminhos lapidosos para a maioria das criaturas. E o caminho de Janina Slavch nunca conheceu qualquer tranquilidade. Talvez por isso fosse tão rígida, tão séria, tão comedida em tudo o que fazia ou dizia ou pensava. Acho mesmo que a *máma* pensava aos sussurros uns pensamentozinhos muito discretos. Porque não era dada nem mesmo a sonhos, e sequer acreditava em finais felizes. Era uma *menina boa e corajosa*, mas tinha medo de sofrer.

A *máma* tinha três mudas completas de roupa e mais algumas poucas peças avulsas que ela usava para disfarçar a escassez de sua indumentária.

O Vestido Verde.

O Vestido Azul.

O Vestido Cinza.

Eles serviam para tudo o que poderia a vida exigir. E mesmo sendo muito pouco para uma mulher se apresentar bonita, a *máma* sempre me parecera elegante naqueles seus três vestidos. Talvez ela fosse a única de nós que não usasse os sobejos da família, porque cosia suas roupas com os restos dos panos que a clientela lhe deixava (o que acabava por garantir a humildade sóbria dos seus trajes). Isso não chegava a ser uma *sorte*. Mas tudo bem, porque *sorte* era palavra de que a *máma* gostava pouco.

Sorte não era coisa de cristão.

A *máma* tinha, porém, uma elegância prudente e melancólica. E ria muito pouco, embora fosse boa para conosco até mesmo nos piores dias, quando o *táta* escorregava nos estorvos da vida e chegava em casa falando o velho idioma dos avós, repleto de motivos para dar uma boa chinelada em qualquer um que lhe cruzasse a frente. Isto era coisa que sucedia amiúde, por causa da má situação que viviam alardeando os administradores da fábrica.

Mas o *táta* não era violento. Antes de tudo, era um homem frágil, que se descompunha pelo mínimo sopro do inesperado. A vodca era tão somente um jeito de escapar da realidade e dos seus desmazelos.

Nos dias de *azar*, o *táta* bebia vodca. Nos dias de *sorte*, gostava de nos pegar no colo e contar velhas histórias de quando era menino.

O *táta* acreditava em Deus, porém menos do que a *máma*. Por isso, para ele havia O Dia da Aposta, que sempre acontecia às sextas-feiras, e às vezes ele vinha para casa nervoso, porque O Dia da Aposta podia ter ou não A Hora de Perder o Dinheiro da Semana.

Isto era triste.

Mas tínhamos também O Dia de Contar Histórias ou A Noite do Concurso de Desenhos, e isso era bom.

O vencedor ganhava um chocolate ao leite.

Na vida, o que o *táta* mais temia era a demissão. Era homem pacato e bom cumpridor das suas funções. Mas tinha nascido para ser empregado: a existência exclusivamente pensada por ele era coisa inadmissível. Um ou dois amigos lhe haviam proposto sociedade numa oficina, mas o *táta* passou a vida dizendo que era homem de bater cartão de ponto. Gostava da hierarquia e dos horários certos de comer e de trabalhar. Gostava de ler livros aos domingos e fazer, aos sábados, os consertos da casa.

O *táta* e a *máma* entendiam-se no terreno dos silêncios e, se não eram amorosos um com o outro, tampouco se davam a violências e afrontas.

O casamento é saber calar, dizia sempre a *máma*.

Eu não entendia bem por que uma pessoa escolhia outra apenas para dividir o silêncio, ainda mais quando havia tanto a ser dito. Mas a *máma* respondia que, no dia em que eu ficasse adulta e tivesse um esposo e algum juízo, haveria de compreender bem o que ela dizia. Antes disso, nem adiantava explicar.

"Nem adianta explicar" era um jeito que a *máma* tinha de mudar de assunto.

Então, quando ela dizia isso com sua voz séria, sabíamos que já pensava em outra coisa, nas contas da casa ou nas encomendas de costura. Qualquer menção ao assunto anterior era um bom convite a um puxão de orelhas.

A *máma* tinha habilidade com os tecidos, era boa modista e cobrava preços módicos por seu trabalho e seus sorrisos servis. Era muito solicitada nas épocas de festas e bailes.

Quase sempre era a *máma* quem tomava o ônibus para tirar as medidas da clientela. Saía para isso com o Vestido Verde, levando sua pequena bolsa de couro muito gasto onde se espremiam o dinheiro contado para as passagens e os apetrechos de costureira. Ia pela rua quieta, andando no seu passo medido, as costas muito eretas. E quem quer que a visse logo percebia que era uma senhora de muito respeito e que não tinha nada a dever.

Não dever era a sua lei máxima e seu maior conselho.

Ela sempre dizia que Os Ricos podiam dever. Era até elegante. Mas Os Pobres tinham de estar sempre com as contas em dia, nunca comprar fiado nem fazer carnês.

Quando algum cliente mais afoito nos vinha ver, ah, lembro das correrias, da sala diligentemente varrida por Paula, do café que a *máma* passava com capricho, porém lamentando aquele gasto extra no orçamento tão apertado da casa.

Espiávamos a cena de longe.

E sentíamos, eu e Paula, o cheiro dos perfumes finos que aguçavam nossa imaginação. E víamos as fitas de veludo que adornavam os cabelos bonitos das moças da cidade.

Os Ricos eram muito interessantes e cheios de mistérios insondáveis.

Para nós, cuja maior ambição era a chegada das caixas do correio com sua cota de roupas usadas e tristes, aquelas visões de refinamentos eram como um sonho. Um filme que nos era permitido ver. Um filme que se passava ali, naquela saleta mobiliada com móveis alheios. Como se, por um momento, ambos os mundos, O Rico e O Pobre, pudessem embaralhar-se e serem uma coisa só, fluida, doce e deliciosa.

O casaco azul da tia Sara, eu o recebi certa tarde, por causa de um imprevisto nos trabalhos da *máma*.

Foi um dia bom como havia poucos.

Às vezes acontecem coisas maravilhosas e coisas quase maravilhosas.

Ela havia guardado aquele casaco de lã fina para alguma ocasião especial, confiante na dimensão das mangas que seu olho treinado adivinhava longas o suficiente para uns dois ou três invernos no meu corpo (e mais uns outros tantos no corpo de Paula, que era dois anos mais nova do que eu).

Crianças crescem como capim, dizia a *máma*, medindo as roupas que deixavam de servir.

A gente pode ficar ainda mais pobre por causa deles. (Às vezes ela dizia isso também.)

Mas acho que não dava para ficar mais pobre, então a *máma* suspirava e encaminhava as roupas para o filho menor, numa atitude quase consolada.

Miti não queria que a gente ficasse *ainda mais pobre*, e às vezes chorava ao escutá-la dizer isso.

Foi porque Miti caiu de cama com uma gripe forte que a *máma* me chamou na sala e, com sua voz baixa, me disse:

— Tedda, avie-se. Você vai até a casa da senhora Lígia.

De tanto fazer economias, a *máma* talvez contasse também as palavras, porque falava muito pouco.

Naquela tarde fria, precisou se estender mais do que de costume. Temia que meus modos de menina pobre ferissem os brios da cliente antiga, que tanto ajudava no orçamento apertado da casa. A *máma* tinha muito zelo para com Os Ricos e seus agregados, porque deles é que vinha o nosso sustento.

— Miti está doente, Tedda. Por causa da febre. E a senhora Lígia tem um chá para amanhã. Fiz-lhe o vestido, e é necessário entregá-lo. Não há quem o possa buscar.

Eu a ouvia assombrada.

Não dava para acreditar. E ela me mandava para o lado d'Os Ricos.

A *máma* prosseguia:

— Vou dar-lhe o dinheiro para o bonde. Não fale com ninguém no caminho. E vá rapidamente, a senhora

Lígia não suporta atrasos. É um pouco longe daqui, mas você vai chegar a tempo.

— Está bem, *máma*.

Vou sair sozinha? Não posso falar com estranhos nem olhar as vitrines nem pôr o dedo no nariz nem dizer palavras feias.

— Avie-se, Tedda! Está pensando no quê?

Bog! Aquilo era incrível, e eu nem tinha rezado na noite anterior, por causa do sono.

Mas a *máma* arrumava o vestido na sua caixa branquinha.

Então era verdade!

Fiquei parada no meio da sala.

A *máma* acabava de embalar o vestido da senhora Lígia. Derramou sobre mim o seu olhar estoico:

— Ainda espera, minha filha? *Prasze*, Tedda... Vá já se vestir.

Corri ao quarto e coloquei meu melhor vestido. Deitado na sua cama, Miti ficou observando minha agitação sem fazer perguntas. Ele gostava de observar.

Meu melhor vestido tinha uma cor de roupa de gente velha. Era cinzento, um pouco gasto à altura dos cotovelos. Também era curto demais, pois a prima Vânia, sua primeira dona, era bem mais baixa do que eu.

Calcei meus sapatos de verniz e voltei para a sala.

Toc, toc, toc, o solado cantava no chão de madeira.

Toc, toc, toc, meu coração batia dentro do peito.

Eu nunca tinha ido numa casa de gente rica, e a *máma* falava tantas coisas sobre eles que me parecia bom e horrível ao mesmo tempo. Sim, pois não era mesmo que Deus preferia Os Pobres? Não seria deles o Reino dos Céus?

A *máma* me esperava perto da porta, com seu Vestido Azul e seu sorriso de governanta. Que foi esmaecendo ao ver a minha figura plúmbea e ansiosa.

— E esta roupa, Tedda?

— É a melhor que tenho, *máma*.

Ela mirou-me de cima a baixo, como se então me visse pela primeira vez. As mangas avelhentadas, a saia curta demais, meus cabelos presos na trança sem enfeites, meus traços discretos. Tudo pareceu-lhe ruim, muito ruim para ir estar com Os Ricos.

E a *máma* espantou-se:

— *Nie*. Assim não é possível apresentar-se à casa da senhora Lígia. Precisamos de roupa melhor, Tedda. — E suspirou, deixando escapar um lamento. — Nesta casa, há de se fazer grande esforço para parecer decente. Se minha mãe visse isto, que coisa... Eu mesma nunca imaginei esta pobreza. Falta tudo, tudo!

E a gente ainda podia ficar mais pobre?

Dei de ombros, tristemente.

Era aquele o meu melhor vestido, o das missas de domingo.

— Não tem mais nada na última caixa do correio, *máma*?

Às vezes tinha. Se ela olhasse bem...

A *máma* sorriu.

— Eu já distribuí tudo, Tedda. Parece que também aos seus tios a vida anda causando sufocos.

E foi então que ela se lembrou.

Havia o casaquinho da tia Sara!

Mamãe o tinha guardado para uma ocasião especial, talvez para a missa da próxima Páscoa. Mas era coisa urgente a filha aparecer apresentável na casa da freguesa importante, de modo que correu ao armário do quarto e tirou, da última prateleira, o casaco cuidadosamente dobrado e envolto em papel de pão.

O casaco azul da tia Sara.

Miti (fugido da cama) e Paula seguiram-na até a sala, para ver a cena, e a curiosidade ardia nos olhos deles. Nos olhos de Miti a curiosidade ardia junto com a febre.

A *máma* não gostava de mandar os filhos sozinhos à rua. Aquele era um fato raro em nossa casa. E eu, trêmula, esperava para cumprir minha importantíssima missão de filha mais velha.

Lembro que Miti tinha seis anos e vivia computando as coisas.

Duas batidas na porta.
Três pães de batata.
Cinco espirros.

Um sorriso da máma, *duas histórias do* táta.
Três moedas para tomar um sorvete.
Para tudo havia uma aritmética.
Um, dois, três.
Era uma mania de Miti, aquilo de contar baixinho, em polonês, que era como o *táta* e a *máma* falavam entre si.
Jeden, dwa, trzy.
Um, dois, três, repetia Miti de um lado a outro da sala, constantemente, enquanto brincava com seu carro de madeira e com a meia dúzia de soldadinhos de chumbo que constituíam sua imensa riqueza de menino pobre.

Meu irmão Miti era baixo, tinha dois pedacinhos de olhos de um azul fugidio. Tinha pernas finas que, no verão, pareciam tentadas a escapulir das bermudas herdadas. Desastradas perninhas marcadas de tombos, como as patas de um gafanhoto atrapalhado.

Lembro bem que Miti usava sempre umas roupas grandes demais para o seu tamanho. (A *máma* o vestia com as coisas que o primo Stefan, três anos mais velho, não aproveitava mais.) Nós o chamávamos *Esquilo*. Não porque fosse pequenino ou pardo, mas porque era bonitinho e estranho como um esquilo que certa vez tínhamos visto num livro de figuras.

Miti era franzino, doce, desengonçadamente amável. Sempre achei que seria um homem de números, já que desvendava a vida pela lógica.

Mas o caso é que Miti não chegou a ser homem.
Por isso, escrevi essas coisas.
Para esquecer.
Para relembrar.

Miti cristalizou-se para sempre um menino de seis anos, *o Esquilo*. E eu trago na minha retina a imagem dele, naquela tarde friazinha de maio. Com a febre fazendo brilhar seus olhinhos. E com uma vontade de viver aventuras.

Usava suas calças de veludo roxo e o pulôver azul, comprido demais nas mangas, a ponto de apenas deixar ver os dedos das suas mãos brancas.

E me perguntou sorrindo:

— Você vai até a cidade sozinha, Tedda?

A cidade era um lugar especial para ele.

— Vou, Miti. A *máma* pediu.

A *máma* olhou o filho doente e mandou que ele voltasse para a cama.

Miti ignorou-a por um momento, e disse:

— Você pode se perder. Tome cuidado, Tedda. Vai ser uma aventura.

O que Miti mais queria era viver uma aventura. Seus olhinhos azuis brilharam de gozo.

— Será que você volta antes de eu contar até cem, Tedda?

— Pode ser, *Esquilo*.

Ele sorriu.

— Vou contar devagarinho, não se preocupe.

A *máma* interrompeu-nos com um olhar. Miti retrocedeu alguns passos rumo ao corredor e ficou espiando a cena dali. Com seus olhinhos ardentes de febre. Espirrando às vezes.

A *máma* recomeçou suas explicações. Ela estava com pressa. O dinheiro da senhora Lígia haveria ainda de comprar os mantimentos da semana, pois a despensa andava quase vazia.

— Você sabe a sua responsabilidade, Tedda. Guarde o dinheiro no bolso do vestido e volte para casa. Não fale com ninguém no caminho — disse a *máma,* ajudando-me a vestir o casaco da tia Sara.

Paula e Miti (espirrando) me deram adeus como se eu fosse viver em outra cidade. E então a *máma* abriu a porta da rua com o rigor de quem inicia uma cerimônia.

A tarde cinzenta derramou-se sobre mim com sua imensidão e sua umidade.

— Vá com Deus, Tedda. E volte logo.

Não fale com ninguém no caminho. Seja uma menina boa e corajosa.

O fino casaco de lã azul, cobrindo meu corpo miúdo pela rua afora, fazia eu me sentir importante para muito além dos meus onze anos.

Hoje, revendo aquela visita, o deslumbramento que me tomou parece frágil demais. Estar na casa da senhora Lígia por uma dúzia de deleitosos minutos foi sem dúvida um sopro de sonho. De coisa inalcançável, que povoou minha alma por um longo tempo.

Era uma *casa de gente rica.*

E se eu tivesse nascido numa casa como aquela, com seus tapetes que abafavam passos e até pensamentos, suas cortinas de cetim e seus vasos de prata com rosas vermelhas?

Afora meu tolo encanto de menina pobre, a visita tinha sido bem curta.

Apenas me coubera entregar um pacote a uma empregada vestida de negro, e ficar esperando na sala por alguns tépidos instantes durante os quais vi o vulto da senhora de relance, enquanto ela analisava rapidamente a entrega. Depois de sussurrar um *muito bom* com sua voz morna de falar pouco, a senhora Lígia mandou que a empregada me entregasse o dinheiro previamente contado. Foi-me oferecido um copo de leite morno, que neguei, estarrecida, por imaginar-me incapaz de semelhantes intimidades numa casa tão fina como aquela.

E depois tomei o bonde de volta.

Quieta, quietinha.

Levando nos olhos o rosto daquela mulher, um rosto que me pareceu enigmático na sua graça alva e bem talhada, pois a senhora, além de rica, era bela.

Foi somente isto o que eu soube da riqueza durante toda a minha infância.

Todo o resto não passava das alusões da *máma*.

Quando o *táta* me disse, certa vez, que as pessoas que possuíam muito dinheiro eram geralmente infelizes, fiquei estarrecida.

Por que Os Ricos não eram felizes?

No caso da senhora Lígia, por exemplo. Nada havia de ruim ou triste naquela casa silenciosa onde rosas dormiam em berços de prata e onde se podia tomar um tanto de leite em copo de cristal polonês.

Mas o *táta* dizia que dinheiro demais *estragava* as pessoas. E eu não ousava retrucá-lo, porque, afinal de contas, ele não tinha sequer conhecido a senhora Lígia, mas era adulto.

E os adultos *sabiam*.

Contei aos irmãos aquela breve visita com todos os detalhes que eu recordava.

Móveis de veludo.

Candelabros de cobre.

Janelas altas.

Corredores acarpetados.

E, no meio de tudo isso, a senhora Lígia, com seu rosto de boneca de cera e seus passos que pareciam sequer tocar o chão.

— Era bonita? — perguntou Paula, de olhos arregalados.

— Era linda.

Miti achou graça.

Tinha visto a tal senhora certa vez ali mesmo, naquela sala, apertada entre o sofá que fora da *badka* e a pilha de revista de moda e moldes de minha mãe.

— Não era bonita coisa nenhuma. Tinha uns olhos de peixe morto.

— Não seja bobo, *Esquilo* — eu lhe disse. — Se você a tivesse visto em outro sofá que não este, roxo e cheio de manchas, mas como os de veludo que ela tem em casa, teria visto a sua beleza. Para mim, a senhora é bela como uma atriz.

Paula bandeou-se para o meu lado e acrescentou:

— Você é menino, Miti. E meninos não entendem o que é bonito ou não.

Miti deu de ombros.

— Eu sei o que é bonito, e sei o que é feio, e agora vou contar tudo pra *máma*. Vocês querem ser gente rica.

Enfiado numa velha camisa de flanela que pertencera ao *táta*, era mais engraçado do que ameaçador.

— *Nie!* — gritei. — Não e não! Bato em você!

Miti arregalou os olhos de medo.

Eu arregalei meus olhos de vergonha.

E foi então, no momento em que eu ia pedir desculpas, que o *táta* chegou com um sorriso novidadeiro e raro, deixando pegadas de barro no chão que eu tinha encerado havia poucas horas.

"Não gaste muita cera, Tedda, o preço está pela hora da morte!"

— Aconteceu uma coisa maravilhosa — disse ele. — Vá chamar sua mãe, Tedda.

Saí aos tropeços rumo ao quartinho de costura onde a *máma* trabalhava (um minúsculo puxado que roubara um canto da cozinha e que dava vistas para o quintal do vizinho).

— *Máma, máma! Táta* tem novidade para contar lá na sala.

Janina Slavch estava debruçada sobre um corte de veludo azul, fazendo marcações com um giz de costura. Ergueu o rosto e perguntou sem sorrir:

— É coisa séria, Tedda? Tenho muito trabalho por aqui.

— O *táta* disse que é uma coisa maravilhosa.

O que poderia ser uma coisa maravilhosa para nós?

Talvez algum parente tivesse desistido de sua cômoda ou um primo já não andasse mais na sua velha bicicleta.

Eu bem que almejava uma bicicleta. Mesmo que fosse velha e descascada e que tivesse vindo da mais chata das criaturas.

A *máma* sacudiu a cabeça ao ouvir a palavra *maravilhosa,* e ficou assim, balançando-a por algum tempo. Talvez também fizesse as suas conjecturas a respeito dos assombros que o *táta* anunciava.

Mas então ela pareceu se desenganar do seu breve sonho:

— Provavelmente é alguma tolice do seu pai. — Pacientemente, limpou as mãos no avental branco e completou: — Vamos ver o que sucedeu, Tedda.

Mas talvez fosse O Dia da Coisa Maravilhosa.

O *táta* aguardava na sala, parado no mesmo lugar onde eu o deixara. Ainda sorria, como uma criança que se compraz de um grande segredo.

— Finalmente! Achei que não vinham mais, e que somente Miti, Paula e eu ficaríamos contentes com a boa nova.

O *Esquilo* sorria, todo feliz, sem saber de nada. A gente não tinha *boa nova* todo dia.

A *máma* e eu nos sentamos no velho sofá roxo que parecia um pudim de uvas prestes a desmoronar.

A *máma* permanecia grave, sentindo, no cadenciar das palavras ditas pelo *táta,* o toque macio de algumas canecas de cerveja — a maldita *piwa* que sempre causava as brigas.

— Diga logo o que tem a dizer, João. Tenho muito trabalho me esperando.

O *táta* perdeu por um instante a sua inusitada leveza.

Era um anzol roubado ao mar por aquela voz sempre tão razoável.

"Diga logo, João."

A *máma* sempre *dava os limites*.

Ele aquiesceu, talvez se sentindo um pouco idiota, parado ali, na sala minúscula, com a sua notícia maravilhosa, enquanto a *máma* ficava apenas *dando limites* e pensando no seu serviço atrasado.

Paula e Miti esperavam, ansiosos. Eu torcia os dedos de curiosidade, pensando na bicicleta velha e nos passeios pelas calçadas do bairro.

Então o *táta* respirou fundo, escolhendo cuidadosamente as palavras como quem pega flores para um buquê que vai dar à namorada.

— Faz dois dias, fiz uma aposta com o gerente da minha seção...

Aposta, sorte, azar.

A mãe crispou-se toda. Se tinha uma coisa que ela odiava era *aposta*. Outra coisa era *piwa*.

Um rastro de angústia cruzou nossa sala. E foi se instalar nos olhos pálidos azuis da *máma*.

Aposta era uma palavra muito temida pelos poloneses sóbrios, já que todas as famílias tinham registro de vidas destruídas pela vodca e pela audácia que ela costumava trazer consigo nas mesas de carteado e nos dados.

— Aposta? *Nie*, não me diga isso!

Miti olhou a cena, cheio de medo.

A *notícia maravilhosa* estava prestes a se transformar numa briga.

O pai adiantou-se:

— Calma, Janina. *Prasze...* Não há nada de ruim a contar. Eu ganhei a aposta, minha querida.

Paula, Miti e eu respiramos aliviados. Ufa, afinal aquele era O Dia de Ganhar as Apostas.

O olhar da *máma* pareceu sossegar-se (com alguma desconfiança, é verdade). E ela disse:

— Não se esqueça de que a sorte é a mais circunstancial das graças, João. Por isso é que Deus condena as apostas e o jogo.

O *táta* não lhe fez caso. *Circunstancial* era uma palavra que não merecia caso mesmo. E aquela, enfim, era uma aposta ganha, e as apostas ganhas certamente eram abençoadas por Deus.

Num gesto que nunca vi se repetir na sua figura discreta, ele fez um salamaleque de mágico e anunciou:

— Dentro de um mês, quando chegarem as férias de inverno, sairemos numa viagem!

O espanto foi geral.

Viagem era coisa para Os Ricos.

Nunca tínhamos saído de férias em toda a vida, e a única viagem que se nos tinha sido apresentada, a Paula, a Miti e a mim, fora a ida a Curitiba num ônibus de linha quando da morte de nossa avó. Viajar num ônibus era muito bom. Mas não nos havia sido consentida qualquer alegria naquela vez, e nem as novas paisagens eram comentadas pela *máma*. Era preciso viajar em silêncio, de olhos baixos, como convinha a uma família em luto.

— Um mês são quantos dias, *táta*?

Miti tinha o rosto corado de excitação.

— Trinta, *Esquilo* — retrucou Paula, do seu lugar.

— Trinta dias é muito para esperar, *táta* — concluiu Miti, um pouco decepcionado. — E se o mundo acabar antes disso?

O mundo ia acabar depois disso, mas a gente ainda não sabia.

A *máma* se intrometeu:

— Não diga tolices, filho. Os caminhos do mundo são assunto de Deus.

Atrevi-me a perguntar, afinal, onde seriam aquelas férias. Férias era uma palavra que dependia de lugar.

Férias em casa era encerar e passar e lavar a louça do almoço com água fria, por exemplo.

O *táta* olhou-me cheio de orgulho e respondeu:

— Na serra, Tedda. Num belo chalé à beira de um lago. Eu vi as fotos. — Depois olhou para a *máma* e disse desajeitadamente: — Foi uma aposta boba, Janina. Se eu tivesse perdido, haveria de dar a feitura de um vestido para a senhora dele. O tecido também estava no trato. Mas eu tinha o dinheiro separado para comprá-lo... Ora, vê-se logo que foi coisa que valia. Eu sabia bem quem venceria o campeonato da fábrica. E não estava enganado. Quando me puxa o nervo das costas, já sei... São favas contadas. O nervo puxou naquela tarde da aposta e eu apostei. O jogo foi ontem, e hoje ele, o gerente, me trouxe a foto da casa para que eu mostrasse a vocês.

Era O Dia de Puxar o Nervo, que era a mesma coisa de O Dia de Ganhar a Aposta.

E *blá-blá-blá, blá-blá-blá,* o pai continuava falando para amaciar a *máma*.

Ela queria sorrir. Mas a felicidade era trabalhosa demais; rapidamente a vida lhe exigiria a seriedade habitual, de modo que não era bom se deixar levar pelos impulsos, mesmo diante de coisas maravilhosas, e atravessar a fronteira da discrição. A *máma* sabia que seria uma trabalheira recolher o sorriso depois.

Porém a notícia do *táta* era boa, era simplesmente boa e não tinha armadilhas.

Então Janina Slavch atreveu-se a perguntar:

— Você tem esses dias de folga, João?

O *táta* titubeou, mas explicou-se bem:

— Farei horas extras neste mês, e tiro duas semanas de férias. Todos lá na fábrica têm essas semanas de férias, é só escolher, conforme o cronograma. Se não fosse pelo chalé, eu trabalharia essas semanas na oficina do meu irmão. Mas agora...

Agora a gente tinha uma coisa maravilhosa para aproveitar.

O chalé. O chalé que tinha vindo numa aposta, mas Bog tinha abençoado.

— O que é um chalé? — perguntou Paula.

— É uma casa com telhado de duas-águas — respondeu o *táta*.

— Ah — disse Paula, sem entender nada daquilo de telhado feito com água.

O pai exultava, e era estranho vê-lo feliz, depois de tanto tempo, desde sempre.

Quase não havia risos naquela casa. Éramos um bando de cordeiros, tementes, obedientes, atenciosos. Somente o *táta*, às vezes, ultrapassava a tênue linha bebendo suas canecas de *piwa*, a maldita cerveja que tanto amargurava a *máma*.

Beber é um pecado, a *máma* dizia.

Mas o pai achava que um homem sem pecados não valia muito, era uma *farsa*.

Porém, naquela tardezinha havia uma alegria a ser comemorada. E aquela pequenina alegria — de ter uma casa de duas-águas como empréstimo por alguns dias num lugar desconhecido à beira de um lago — não feria nenhum dos preceitos da família.

Talvez fosse uma farsa, mas não era um pecado.

Ninguém roubara, nem pedira, nem se humilhara por aquela oferta. Até mesmo a aposta do *táta,* por si só condenável em sua intimidade com a usura e a sorte, fora inofensiva, baseando-se apenas num reles campeonato de futebol entre operários e colegas de serviço.

Então uma coisa maravilhosa podia não ser uma bicicleta velha?

Do seu lugar no sofá roxo, a *máma* ficou alguns instantes raciocinando. Pesava suas impressões, seus dilemas, todas as pequenas complicações que aquela viagem poderia trazer à sua vida tão regrada, enquanto nós — todos nós quatro: papai, Miti, Paula e eu — esperávamos cheios de angústia.

Uma palavra negativa de Janina Slavch era o fim de tudo. *Nie,* ela diria, e tão-somente assim acabariam nossos sonhos de férias inesquecíveis. Com um sopro das palavras dela.

Nie, ela diria, e então a coisa toda se tornava O Dia Que Não Era Maravilhoso.

Por fim, a *máma* ergueu-se do seu posto no velho sofá. Na sala, havia um silêncio quase litúrgico.

Então sua boca de lábios finos se abriu e ela disse, bem baixinho:

— *Tak*. Então vamos.

O milagre tinha acontecido.

O sofá roxo, com sua cara de pudim velho, pareceu respirar aliviado.

Foi uma alegria.

Tak, tak, tak. Sim, sim, sim.

Um consentimento tinha, enfim, brotado daqueles lábios de negativas! Miti deu um grito e pulou para o colo do pai. Era um *esquilo* feliz. Houve beijos, e era como se fosse um Natal com presentes e uma árvore com bolas coloridas e cantigas cantadas em polonês.

Aquilo era ser feliz, e não éramos Os Ricos nem nada.

Por um quarto de hora, durante o qual a *máma* se deixou sorrir, e disse com uma voz nova, voz quase contente, que queria mesmo fazer um passeio, qualquer passeio, para qualquer lugar, fomos completamente felizes. A vida nunca me parecera tão leve quanto naquela tarde... Era O Dia de Ser Feliz. Que coisa boa era ver a vida pelas alegrias que ela podia oferecer, e não pelas obrigações, armadilhas e medos para os quais nós, Os Pobres, tínhamos que estar sempre atentos e preparados.

A *máma* dizia que seus olhos estavam cansados das mesmas ruas, das cavas e das mangas de casacos que cortava incessantemente. E a gente ouvia, atentamente.

O *táta* balançava a cabeça, numa concordância, como se estivesse dizendo com os olhos, "Realmente costurar dia e noite é muito chato". Mas ele só dizia com os olhos. Com a boca não tinha coragem de dizer.

A mãe fazia questão de avisar, "Isto não é uma reclamação".

Não era mesmo, era apenas uma *verdade*. (A gente sabia que a *máma* não reclamava nunca, isso fazia parte dela, e por isso ela era a *máma*.)

Os adultos, dentre eles principalmente a *máma*, tinham suas *verdades*, e o que na boca de uma criança não passava de uma reclamação, na boca de um adulto era uma *verdade*.

Portanto, por culpa do monótono trabalho de costurar e cerzir, e para nossa alegria, faríamos a viagem. Seria perfeito. E para nós três, estando em período de férias escolares, aquelas duas semanas de julho não trariam prejuízos. A *máma* achava inadmissível que faltássemos à escola por causa de um passeio ou outra *coisa maravilhosa*, essa era uma das suas verdades.

— Talvez fosse bom pedir uma mala emprestada a Maria — sugeriu o *táta*, quando a *máma* acabou a parte das verdades que não eram reclamações. — Certa vez ela fez uma viagem com o noivo, lembra-se Janina?

Ela concordou.

— Sim, Maria viajou certa vez com o noivo, contra a minha vontade, mas viajou.

— Pois é. Parece que tinha uma boa mala, de couro tingido de verde. Era uma mala bonita.

A *máma* bateu com as mãos nos joelhos. Bater com as mãos nos joelhos era sinal da sua média-grande euforia.

No meio da sala, alheio aos assuntos sobre a mala verde da tia Maria, Miti cantava uma velha canção:

Sabiá fugiu pro terreiro
foi cantar lá no abacateiro
e a menina pôs-se a chamar
vem cá, sabiá, vem cá

A voz de Miti era crua e rouca.

Parecia a voz de uma menina, e isso o incomodava muito (por causa disso, Miti só cantava em casa). O *táta* tentava explicar-lhe que, com o tempo, a voz dos meninos engrossava e ficava forte. Mas ele não acreditava. Você está olhando o ovo, enquanto eu falo da gema, dizia o pai, Dentro de você já existe uma outra voz que vai aparecer daqui a pouco, Quando? Logo, quando você crescer. E Miti dava de ombros. Ainda falta muito tempo, quero ter voz de menino, mas a-go-ra.

E a voz de menino nunca veio.

Na sala, era Dia de Ser Feliz.

O *Esquilo* cantava ainda. Gostava de cantar.

O pai exultava ao pensar nas suas férias.

— *Wakacje!* Duas semanas para respirar o ar puro e saborear a montanha. Isso é um presente divino, e tudo porque um beque deixou que a bola lhe passasse pelo meio das pernas! Eu devia agradecer a ele, ao Rodolfo. Sim, o nome do beque era Rodolfo, que pilhada!

E nós achávamos graça. Talvez, Os Ricos fossem assim como estávamos sendo naquele momento. Felizes, alegres. Dizendo coisas.

De quando em quando, Miti cessava de cantar para ouvir os ditos do *táta*. Dava uma opinião sobre os erros do beque e recomeçava a cantar.

Paula pensava na boneca que escolheria para levar consigo — tinha apenas duas, vindas da prole da prima Vânia — e era uma decisão difícil aquela de deixar uma das bonecas sozinha em casa por tantos dias.

Mas a *máma* havia sido categórica ao dizer: "Faremos a viagem de ônibus e levaremos somente o necessário. Cada um de vocês vai levar um brinquedo."

A *máma* era muito categórica, o pai sempre dizia isso sobre ela.

"A mãe de vocês é muito categórica."

Paula não retrucou. Nem era tola a ponto de fazer isso e pôr a viagem a perder. Ela sabia bem que nunca se devia replicar a uma mãe *categórica*.

Mas a verdade é que as suas duas bonecas tinham, durante toda a vida, recebido o mesmo tratamento. Ambas ficavam sobre a cama que nós duas dividíamos. Ambas tinham sido minhas antes de serem de Paula. Ambas usavam vestidinhos feitos dos trapos que a *máma* jogava fora.

Então, logo agora, no Dia de Ser Feliz, ela devia escolher uma das duas. Era muito triste.

— Se eu levar Ane, a Belle vai sofrer. Se eu levar Belle, o que será de Ane?

— Faça um *par ou ímpar* — sugeriu Miti. — Elas vão entender. Assim as duas não podem ganhar. É matematicamente impossível que as duas ganhem.

— Cale a boca, *Esquilo* — gemeu Paula. — Você não vê que eu vou sofrer mesmo assim?

Miti deu de ombros.

— Eu só queria ajudar. Você vai ter que escolher. A *máma* é muito *categórica,* você sabe.

E o *táta* ria, sentado no velho sofá.

A vida se desfia como um novelo.
Não, a *máma* nunca disse isso. Talvez fosse contra os *princípios* dela.

Quem dizia isso era a *badka,* nossa avó. Ela gostava muito de fios e novelos e tecia suéteres para a gente, enquanto contava a história de como tinha chegado à América. A *badka* gostava muito da palavra *América.* Dizia muito.

América, América, América.

E tanto que chegou a dar este nome a uma cadela vira-lata que a seguia por todos os lados e que depois morreu de disenteria. Coitada da América.

Nosso avô fugiu da Polônia pouco antes da invasão alemã. Tinha levado consigo — essa era uma das poucas histórias que a *máma* apreciava contar — apenas a esposa e a filhinha, e nos espantava muito pensar que tia Sara, tão velha e feia, tinha sido, numa data qualquer, um bebezinho de colo que viajara um oceano pendurado no seio da mãe.

Um bebezinho bonito e rosado como aqueles dos anúncios das revistas.

Tia Sara, com seus beiços sempre coloridos de batom, tinha mamado num peito, usado fraldas e dito *aguh*!

Miti sempre ria muito nessa parte, mas o fato é que a *máma* contava que apenas isso tinha salvado tia Sara de morrer (não a coisa de dizer *aguh*, mas de tomar leite do peito da *badka*), pois os avós fizeram a viagem para o Brasil sem um *zlotych* que fosse — já eram pobres na Polônia e, na fuga às pressas, quase nada havia sido salvo.

Mas o *dziadek*, segundo diziam na família, era um homem alarmado o suficiente para não presenciar a tragédia, de modo que quando Varsóvia fora destruída, ele já labutava numa fábrica no interior do Paraná.

Paula, Miti e eu tínhamos muita curiosidade de saber como Varsóvia fora destruída.

— Com bombas? — perguntava Miti.

— Também — dizia a *máma*.

— E com que mais?

— Com miséria e com preconceito — respondia a *máma*.

Miti não sabia que preconceito podia explodir como bomba.

A *máma* continuava a história. Ela contava a história mil vezes. Era importante saber de *onde tínhamos vindo*.

Ela dizia que, apesar de tudo, o avô tinha sido um homem feliz. Não fazia parte d'Os Ricos, mas, como a *máma* dizia, era um *pobre abençoado*. Tinha morrido cedo de doença desconhecida e deixado suas coisas aos cuidados da avó. E a *badka,* no final da sua vida, passara móveis e tralhas para tia Sara, filha mais velha e, portanto, detentora dos direitos naturais de herança.

Eram esses pertences que agora atulhavam a nossa casa. Velharias que a mãe costumava chamar de antiguidades.

Louças lascadas.

Pratos manchados pelas sopas de beterraba.

Casacos onde faltavam os botões originais.

Sofás onde faltavam molas.

Uma velha colcha de rendas que cobria a cama da *máma,* com seus furos feitos pelas traças.

Essas coisas todas tia Sara nos tinha dado, porque assim ela praticava sua caridade e deixava a própria casa livre para as novas modas e os novos gostos.

Quando veio a *notícia maravilhosa*, a *máma* começou a organizar as coisas que ia levar na viagem.

Ia levar a colcha, porque podia fazer frio na beira do lago, ia levar os casacos, ia levar também algumas toalhas e lençóis, e um isopor com um pouco de comida para a chegada.

O fundamental.

Enquanto isso, Paula, Miti e eu contávamos os dias com a alma por um fio, como se não nos esperasse apenas uma viagem de cento e poucos quilômetros, mas uma aventura inesquecível ao lugar mais remoto do planeta.

Jeden, dwa, trzy, contava Miti, dia após dia, do primeiro ao trigésimo, cada vez mais perto da viagem. Amanhecíamos a cada dia mais felizes. E a cada dia tínhamos novas dúvidas fundamentais.

Fundamental passou a ser uma palavra muito usada entre nós três.

— Nós vamos pescar lá, *táta*? — perguntava Miti.

E o pai respondia:

— *Tak.*

Ele não era dado a muitos detalhes.

— Vai ter um barco lá, *táta*?

— O gerente disse que tem uma velha canoa. Parece que dá para bons passeios pelo lago.

A *máma* amuava-se com esse assunto.

— Não gosto de água, é perigoso e ninguém aqui sabe nadar. Água é para os peixes — dizia ela afinal.

Mas o *táta* sorria.

Agora eram frequentes os seus sorrisos leves, de felicidade.

— Vai estar frio demais para os banhos, Janina. Não se preocupe com isso.

— É mesmo — dizia Miti, pego de surpresa. — Estamos no inverno.

— Sim, estamos no inverno — respondia o pai.

E então Miti tinha uma ideia.

— Se eu não sentir frio, posso entrar no lago, *táta*?

— *Nie*.

E Paula pensava em outra coisa:

— E a minha boneca, *máma*?

— Avie-se, Paula. Eu já lhe disse que somente uma das bonecas vai conosco.

Um brinquedo para cada um.

A *máma* exasperava-se às vezes. Aquela coisa de ser uma pessoa *categórica* era muito difícil de lidar, mas é que a vida cotidiana não tinha tantas interrogações, nem medos, nem esperanças. Era uma vida fácil. De certa forma, ela achava que a rotina era um tesouro. A rotina era um culto, pensava ela, alisando a saia do Vestido Cinza.

— Quantos dias ainda faltam para a viagem, *táta*?

E o pai contava os dias nos dedos.

Fazia isso todo dia, várias vezes por dia. E gostava muito.

"*Tedda, Tedda, Tedda, Tedda.*

A cera ainda está úmida! O arroz está pegando na panela. Prasze, me traga um copo d'água. Tedda, cadê seu irmão? Você fez seus deveres? Sente-se ao meu lado. Vou ditar carta para tia Sara.

Tedda, Tedda, Tedda.

Avie-se, minha filha!"

O mês gastou-se em dias iguais.

Enfim, apesar daquela coisa de ajudar nas lidas da casa (toda menina precisava aprender a cuidar bem das coisas para quando casasse), a viagem se aproximava.

Todo dia, muito cedo, meus irmãos e eu vencíamos o frio e caminhávamos as oito quadras que nos separavam do colégio.

Era mais um Dia de Ir para a Escola.

E todo dia era um dia a menos nas contas de Miti. Paula e eu acompanhávamos atentamente as contas que ele fazia para descobrir quantos dias e quantas horas e quantas meias horas faltavam para a viagem. E ficávamos impressionados, nós três, com o tempo. O tempo podia se desdobrar em pedaços menores que pareciam deixar tudo mais longe.

Um dia tinha vinte e quatro horas.

Um dia tinha quarenta e oito meias horas.

Cada hora tinha sessenta minutos. E a gente achava que sessenta minutos demoravam mais para passar do que uma hora.

De qualquer jeito, apesar das contas de Miti quase demonstrarem o contrário, nós estávamos, pouco a pouco, mais próximos daquela coisa fabulosa que era a casa na montanha.

Quinze dias inteirinhos de horas nunca vividas, secretas, brancas, branquinhas.

Os Dias de Ser Feliz.

De manhã cedo, quando a *máma* vinha nos acordar, nem reclamávamos do frio, nem daquilo de sermos pobres, enquanto Os Ricos iam à escola de carro ou de bicicleta, porque tínhamos o lago e seus segredos. Todos os seus misteriozinhos novos em folha esperavam apenas pela nossa chegada.

"Vou descobrir um tesouro", dizia Miti. "Vou plantar uma árvore", dizia Paula.

E o que eu queria era contar as estrelas do céu, todas, todinhas, pois tia Maria me tinha dito que "no campo é que se veem as estrelas porque lá não tem luz, nem prédios, nem poluição, Tedda, e você vai adorar".

E a tia Maria era uma fada, ou, pelo menos, a gente achava isso.

A mala de couro verde, emprestada pela tia Maria, já estava sob a cama da *máma,* esperando.

Eu tinha desistido de levar qualquer brinquedo para que Paula pudesse carregar consigo suas duas bonecas.

Deus recompensava. E, também, pareceu-me certo que Paula se livrasse daquela angústia de escolher.

Quanto a Miti, levaria a bola de couro, uma das poucas coisas (senão a única) que tinha sido dele desde o começo.

O *Esquilo* ganhara-a num Natal, empacotada e novinha em folha, e dedicava-lhe um cuidado primoroso, a ponto de não jogar bola na terra para que o couro não se gastasse.

Era A Bola.

Na rua, as peladas eram com a bola de um vizinho ou outro, e Miti preferia assim. Ser pobre era de algum modo estar livre de obrigações para com os amigos. Tinha-se a si mesmo, e essa era a única coisa.

Às vezes era bom.

Às vezes não era bom.

Em algumas tardes, Miti voltava chorando para casa, por ter ficado de fora do time — sendo ele o único que nunca levava A Bola para o jogo, era também uma espécie de curinga. Quando sobrava alguém, era Miti. Então ele entrava em casa e ficava sentado num canto do sofá acolchoado, enterradinho ali.

"Eta vida, eta vida", ele dizia.

Nesses dias, eu adivinhava:

— O que houve, *Esquilo*?

Ele me olhava com seus olhinhos azuis, úmidos daquele choro que os meninos não podiam chorar.

— Me deixaram de fora do time.
— E por quê?
Miti se remexia no sofá.
— Porque o Augusto chegou e quis jogar. Ele trouxe uma bola de couro e um apito. Um apito forte, muito bom mesmo. Eu não quis dizer, mas era um bom apito, muito bom mesmo.
Era O Dia de Ser Preterido.
Preterido era uma palavra bonita. Eu sabia que nunca podia se preterir a Deus, mas Miti podia ser preterido sem problema algum.
Miti divagava:
— Eu não quis dizer, mas que era bom, ah, isso era mesmo. Um bom apito, sem dúvida.
— Apito?
— Sim, Tedda. Para o juiz. — Ele suspirava longamente, um pouco pela sua tristeza, um pouco pela minha burrice. — Eu não tenho bola nem apito, então fiquei de fora. Não vou me importar nem um pouquinho se eles perderem o jogo.
— Você está com raiva, *Esquilo*.
— E aí?
— Aí que você sabe o que a *máma* diz sobre sentir raiva.
Bog *não gostava. Era preciso saber perdoar.*
— Você não entende, Tedda. Você é menina. Eu não posso levar A Bola pra rua. Então é como se eu não ti-

vesse bola. Ao menos, para eles, é como se eu não tivesse bola. Entendeu, Tedda?

— Você tem uma bola, Miti. Uma bola de couro muito bonita.

Miti ficava nervoso quando alguém falava na *sua* bola.

— A Bola, a minha única bola. Se ela esfolar, se ela furar, fico sem nenhuma. Nunca mais o *táta* me dá outra! A Bola não é para ser jogada. Só vou jogar com ela no chalé do lago, está bem? Fique sabendo disso!

Era o lado ruim de ser pobre. Se estragasse, se furasse, se perdesse, a gente ficava sem.

A *máma* sempre dizia que a vida era cheia de injustiças, e Miti ficava ali repetindo que a vida era cheia de injustiças mesmo, a vida era um saco de injustiças.

Algumas vezes, Paula ia para o lado dele, e ficavam ambos maldizendo a má sorte que lhes tinha dado tão pouco, quando colegas e alguns vizinhos tinham tanto mais, brinquedos que formavam pilhas e atravancavam seus quartos.

Se estragasse, se furasse, se perdesse, eles podiam comprar de novo.

"Mas nós não. Nós não", dizia Miti.

— Se a *máma* ouve, senta o chinelo em vocês — eu avisava. — *Bog* não gosta da inveja. É um pecado mortal.

Talvez a *máma* ouvisse, porque ia e vinha da saleta de costura à cozinha, vezes seguidas, dividida entre o jantar e as encomendas.

Mas não dizia nada.

A *máma* também passara uma infância muito pobre, tapando os buracos da sola do sapato com papelão. Tudo porque Varsóvia tinha sido destruída.

Se os alemães não tivessem destruído Varsóvia, as coisas seriam diferentes.

Quando era pequena, nos dias de inverno e de chuva, a *máma* passava a aula inteira com o pé gelado. Mas a *badka* a ensinara a não reclamar, pois era *Deus quem sabia de tudo* e também decidia sobre os sapatos furados e os bons e qual deles cabia a cada criança.

Esses eram um dos poucos momentos em que eu via o coração da *máma* amolecer, mesmo que recatadamente, quando ela deixava de admoestar Miti e Paula pelas queixas que ambos faziam.

Bog ia entender. *Bog* devia entender.

Uma semana antes da data marcada para a viagem ao campo, eu estava acabando a lição, com Miti e Paula, quando *máma* surgiu no quarto usando seu Vestido Verde. Parecia muito cerimoniosa:

— Vou à estação de ônibus comprar nossas passagens para a viagem.

Miti ergueu os olhos, eufórico, e deu um pulo da cadeira onde estava sentado, a cantar a tabuada do dois:

— Posso ir junto, *máma*?

— E eu, *máma*? Posso também? — indagou Paula, cheia de ansiedade.

Mamãe pensou por alguns segundos, abriu a bolsa, contou o dinheiro que tinha disponível para o ônibus até a estação.

Duas moedas para ir, duas para voltar. Mais quatro para Miti, mais quatro para Paula. Mais quatro para Tedda.

Então disse:

— *Tak*. Está bem, vamos. Vistam um agasalho grosso. Está frio lá fora.

— A rodoviária é longe?

— Um pouco, Miti.

— Ah, que bom! Eu quero ir bem longe, vai ser legal.

— Ahã — disse a *máma*. — Mas ponha seu casaco. Sem casaco, ninguém vai.

Miti e Paula correram a buscar seus casacos.

Eu nem ousei me mexer, continuei chupando a ponta do lápis, olhando os irmãos que vestiam os agasalhos grandes demais, com um problema de matemática esperando meu pensamento aterrissar.

A *máma* me olhou e sorriu um dos seus raros sorrisos. Naquele dia, por algum motivo, estava feliz. Quase leve. Como uma folha. Como um lencinho branco que as moças dos filmes abanavam nas estações de trem.

— Você também pode ir, Tedda — disse ela. — Há serviço para ser feito, mas Paula e você podem fazer tudo na volta, enquanto eu termino um vestido de noivado.

Um vestido de noivado, eu sabia, era coisa que dava muito trabalho. A *máma* sempre dizia: "O casamento é o dia mais importante na vida de uma moça."

O noivado era o segundo dia mais importante.

Então fomos, montados no ônibus que serpenteava pela cidade, como um cão agoniado atrás do seu dono.

O ônibus dobrava numa rua para logo se desviar para outra; parava, como que em dúvida, para seguir em frente segundos depois; relinchava, a contragosto, nas esquinas de curvas fechadas. Ia saracoteando, e era um grande bicho inquieto por cujas entranhas de metal passavam os moradores da cidade, um bicho que fazia o mesmo caminho todos os dias, dezenas de vezes por dia, como se esquecesse alguma coisa eternamente no seu último ponto de parada.

O ônibus pintado de amarelo era um bicho que levava a gente dentro. E íamos felizes, felizes, vendo o céu de inverno, num tom de azul-acinzentado, olhando as caras cansadas dos outros passageiros.

Mas por que estavam cansados se aquilo era tão bom?

Lojas de fachadas amarelas, senhoras com grandes chapéus, homens de ternos escuros, vendedores ambulantes, cegos tateando pelas calçadas, crianças saindo da escola, cachorros vira-latas andando pela rua em busca de comida. E os velhos bondes que ainda faziam seus velhos trajetos.

Isso tudo era a cidade.

Miti, Paula e eu acompanhávamos aquela energia vibrante que movia gentes e coisas para qualquer lugar — o importante era não ficar parado.

— Quero trabalhar no centro quando eu crescer — disse Miti. — Imagina só, pegar ônibus todo dia!

Ao lado dele, a *máma* sorriu.

— Quando você crescer, quero vê-lo advogado, e que tenha um carro negro, bem encerado e lustroso.

— *Nie, máma.* Posso ser advogado, mas vou andar de ônibus.

— Cabeça-dura — disse Paula. — Pois eu quero me casar com um advogado de carro negro, que seja rico.

Um carro bem grande. Um carro com rádio novo e com porta-malas. Vamos ter muitas malas, porque a gente vai viajar e conhecer o mundo inteiro — arrematou ela, muito feliz com aquele plano.

A mãe olhou para Paula com aquele seu olhar desaprovador, e ela viu que tinha dito bobagem.

Abaixou a cabeça e ficou quieta, esperando a ralha que ela sabia que viria.

A ralha veio:

— Deus não gosta disso, *dziecko,* sua criança boba. A riqueza não pode ser um objetivo, mas uma graça. Miti teria que ser um bom advogado e ajudar os pobres, aí *Bog* entenderia o carro preto, e até o abençoaria.

A *máma* tinha uma noção muito definida de como a vida *deveria* ser.

Paula aquiesceu, porque não podia mesmo fazer outra coisa. Mas ficou pensando no noivo rico com o carro preto.

O ônibus sacolejava cadenciadamente no seu caminho até o centro da cidade, pouco se lixando para as nossas dúvidas ou para como a vida deveria ser. Aí eu disse:

— Tio Josef não é um advogado que ajuda os pobres, *máma*. E ele tem um carro preto lustroso e bonito, os meninos da nossa rua ficam olhando quando ele nos visita e chega com aquele carro.

Janina Slavch pareceu um pouco confusa com aquela afirmação. Não era bom que as crianças fizessem juízos sobre a vida. Não era bom que falassem do tio Josef. Essas coisas sempre acabam chegando aos ouvidos dos tios ricos que davam presentes.

(*Mesmo que as coisas que o tio dava fossem usadas? Mesmo assim.*)

Então a *máma* disse:

— Mas seu tio é um engenheiro que ajuda os pobres. Ele não nos manda sempre roupas?

— Acho que ele nem gosta daquelas roupas, *máma*.

Ela empertigou-se toda no seu banco.

— Mas nós gostamos, e ele sabe disso, Tedda.

O ônibus pareceu entender que aquela era sua deixa e exalou um grunhido seguido de uma redução de velocidade.

A *máma* não perdeu a chance:

— Vamos parar com essa falastrina, pois estamos chegando na rodoviária. Me dê sua mão, Miti — e ergueu-se, segurando a bolsa no ombro e levando Miti pelo corredor do ônibus que estacionava lentamente. — Vocês também, meninas. Vamos, vamos!

O ônibus nos cuspiu e a cidade engoliu-nos outra vez.

Havia graça em andar agarrado na *máma*. Ela cuidando para que nenhum de nós se perdesse nas calçadas cheias que contornavam a rodoviária. Ela andando com seu jeito discreto, os passos medidos. As pernas movendo-se obedientemente dentro do Vestido Verde, enquanto entrávamos na rodoviária e ela buscava com os olhos o guichê da companhia de ônibus.

— Todo mundo tem pressa — disse Miti, andando rápido para acompanhar o ritmo da *máma*. — Por que, hein?

— Porque as pessoas têm muito que fazer.

— Como o quê?

A mãe suspirou de impaciência.

— Ganhar a vida, meu filho. As pessoas precisam ganhar a vida, o pão, o sustento dos filhos.

— Aqui na rodoviária? — Miti insistiu.

— *Tak*. Em todos os lugares.

— A rodoviária leva as pessoas, *Esquilo* — concluiu Paula —, para os lugares onde elas ganham a vida.

— Ah!

Plac, plac, plac, os passinhos afoitos dele ecoavam no chão de pedras encardidas da rodoviária.

A rodoviária era feia e bonita ao mesmo tempo.

Chegamos ao guichê.

A estação rodoviária tinha todos os cheiros do mundo. Comida e urina. Flores e suor. Matizes de um azedo tênue, óleo de frituras, pão. Era o cheiro do mundo, do mundo para além da nossa pequena casa que cheirava a sabão e água sanitária por causa das manias que a *máma* tinha por limpeza.

Janina Slavch grudou o rosto no vidro lambuzado do guichê. O Vestido Verde parecia um pouco gasto demais, mas ainda assim era elegante.

Ela disse:

— Quatro passagens para O Lago, por favor.

A *máma* tinha uma voz refinada, que usava muito com as clientes e também com as moças do guichê da rodoviária.

A voz dela dançou no ar até roçar a recepcionista morena, que sorriu cheia de solicitude. Eu, Paula e Miti fizemos as contas (Miti sempre fazia as contas). *Máma, táta,* Tedda, Paula e Miti.

Éramos cinco.

Nos olhamos, apavorados. Quem de nós iria ficar, no caso de faltar uma passagem na última hora? Sim, porque a *máma* estava comprando QUATRO passagens, e não CINCO.

Foi Paula quem falou:

— Está errado, *máma*. Está errado. São cinco passagens, *máma*!

Ela virou-se, muito séria:

— Está certo, menina. Eu sei o que estou fazendo. Miti vai no meu colo. Ele tem menos de sete anos.

A moça do guichê nos olhou sorrindo. Era um sorriso longo, do tipo de sorriso de fotografia, pois durava desde a nossa chegada.

— Se o menino tem menos de sete anos, então pode. Vai no seu colo, senhora.

Máma sorriu também.

Miti iria no colo da máma. *Como um menino que tinha menos de sete anos. Como um bebê. Somente os bebês viajavam no colo das suas mães.*

Eu e Paula nos cutucamos.

Miti ficou muito vermelho. Era um menino com menos de sete anos, nem valia o custo de uma passagem. Mas encheu o peito e disse:

— Tudo bem, não é, *máma*? Assim a gente economiza. Também, no ano que vem, se a gente for de novo, vamos ter que comprar cinco passagens. É bom ir pensando nisso, *máma*.

A *máma* aquiesceu distraidamente e disse:

— *Tak*. Contava o dinheiro, já tantas vezes contado, para entregar à moça do guichê. Mesmo assim, Miti se sentiu melhor. "Ano que vem", resmungou ele, baixinho, como uma promessa.

A *máma* entregou o dinheiro um tanto amassado, muito certo, sem sobrar um centavo.

— Aqui estão as passagens, senhora — disse a moça do guichê, que ainda sorria. — Dia 14, sete horas, boxe 2.

— *Dzie kuje* — agradeceu a *máma*, sorrindo também.

Depois ela guardou os quatro bilhetes num fechinho interno da bolsa, onde costumava guardar dinheiro e outras coisas importantes.

E fomos embora com as nossas passagens.

Miti não tinha passagem. Ele ia no colo.

No caminho até o ponto de ônibus, a *máma* teve um impulso de alegria e nos convidou para tomar um refrigerante.

Paramos num bar de esquina, onde dois homens conversavam baixo em frente a um balcão riscado e um pouco sujo de gordura. A *máma* olhou o balcão com certo nojo — eu conhecia bem o nojo de sujeira dentro dos olhos dela —, mas viu as garrafas de Coca-Cola no refrigerador e pensou que as garrafas eram limpinhas, porque a Coca-Cola era uma empresa muito importante e mandava suas garrafas já limpas, desinfetadas mesmo.

Então disse:

— Duas Coca-Colas, moço. Com canudo, por favor.

Miti, Paula e eu nos sentamos nos bancos altos, com assento de couro gasto e descolorido, que davam para o balcão.

— Dividimos — falou a *máma*. — Uma garrafa inteira é muito para vocês que são crianças. Pode dar dor de barriga.

— Eu tomo com a Paula — falei.

Miti tomou com a *máma*.

Ficou meio chateado num primeiro momento, porque ele sempre sobrava em tudo, e ser o menor era aquilo mesmo. Mas o caso é que a *máma* tomou muito pouco, deu umas duas chupadinhas no canudo listradinho de vermelho e branco, *ushh, ushh*. Depois passou a Coca-Cola para o Miti, que tomou tudo, guloso, feliz, deixando o gás fazer cócegas na sua boca, engolindo aquilo e enchendo a barriga com alegria, porque a barriga dele não doía, não de Coca-Cola, doía só de feijão com arroz.

— Quando eu crescer, só vou tomar Coca-Cola — ele disse, por fim. — Nada de leite, nada de água. Só Coca-Cola.

Era uma ideia boa, eu pensei.

Nunca mais água, nunca mais limonada aos domingos. Mas Paula sorveu o seu último gole, *ushh, uusshhh*, e disse, muito séria, só para destruir o sonho do Miti:

— Coca-Cola afina os ossos, não é, *máma*? Se a pessoa não tomar mais leite, não tomar mais água nem chá, só tomar Coca-Cola, ela fica fininha, fininha. E quebra e desaparece. A minha professora pôs um osso de galinha dentro de um copo de coca, e só vendo! Duas semanas depois, o osso tinha virado farinha!

— Coca-Cola, só meia garrafa por semana — concluiu a *máma*. — Mais do que isso, afina os ossos.

Eu, com meus botões, pensava n'Os Ricos. Eles tomavam Coca-Cola todos os dias, e eu nunca tinha ouvido falar que algum deles tivesse virado farinha ou coisa parecida.

Miti tinha os olhos arregalados de espanto, mas manteve-se firme:

— Quando eu crescer, só vou andar de ônibus e só vou tomar Coca-Cola. Eu já me decidi.

A *máma* olhou o relógio. Estava na hora de voltarmos para casa.

Miti saiu do bar muito decidido. Nada no mundo iria mudar seu futuro de Coca-Cola e de ônibus. Nem que fosse pecado.

*O*ito, *nove, dez, onze, doze, treze.*
Os dias passavam em ordem. *Categóricos,* que nem a *máma.* Seria bom que tivessem passado de outra forma.
Dez, oito, treze, onze, nove, doze.
Mas não.
Passavam em ordem e então eram muito previsíveis: amanheciam, frios e molhados; às vezes, chovia. Mesmo com chuva, íamos caminhando as oito quadras da casa até a escola.

Todo dia pela manhã, entre a *sua* xícara de leite, que era azul com listas brancas e que tinha sido da *badka,* e a hora de escovar os dentes, Miti dizia baixinho, Menos um, Paula respondia do seu lugar na mesa da cozinha, Agora faltam doze, Agora faltam onze; e dez, nove, oito, e sucessivamente Paula ia diminuindo os dias, fazendo suas contas nos dedos gordinhos, sujos de margarina.

Depois a *máma* dava um beijo e o sanduíche de salame enrolado no guardanapo e, às vezes, dava também uma laranja ou uma maçã, que eu deixava para comer no caminho da escola para casa. E então perdia um pouco da fome para o almoço.

Vai muita comida fora neste mundo, e jogar comida fora é pecado, era o que a *máma* dizia sempre.

Bog não gostava que a gente jogasse comida fora.

Eu tinha que empurrar a comida toda. E Miti ficava rindo, achava graça do feijão com arroz que eu engolia sem vontade até que a *máma* dissesse: "Agora chega, assim está bom, Tedda, *Bog* não vai mais ficar triste." E então eu tinha que agradecer e depois recolher os pratos e lavar a louça.

Por fim amanheceu o último dia de aula antes das férias de inverno.

Era um dia de sol, mas frio, bem frio, e usei umas luvas amarelas que tinham sido da *máma* e eram um pouco grandes demais para os meus dedos. Ficavam murchas nas pontas, penduradinhas, as luvas, como uma minhoca que a gente tivesse esmagado a ponta do rabinho.

Paula e Miti não riam, porque as luvas deles também eram grandes demais e decerto também tinham sido de outras pessoas antes de serem deles.

Na mesa do café, a *máma* parecia muito descansada, como se não lembrasse. Paula estava tão feliz que nem queria comer seu pão com margarina. Mas comia tudo, por causa de *Bog* e dos pecados, e também por causa da mãe, já que não era bom aborrecê-la na véspera da viagem, o que poderia colocar tudo a perder, porque ela era muito *categórica*.

Ninguém falou muito, até que Miti disse:

— Hoje é o último dia!

E então a *máma* respondeu que sim, que era o último dia, mas que antes de ver as notas nos boletins ninguém ia para lugar nenhum.

— Vai dar tudo certo, *máma* — disse.

Disse mais para me acalmar, porque a verdade é que eu não tinha ido muito bem na prova de matemática.

E então, levantamos da mesa, escovamos os dentes, *primeiro em cima, depois embaixo, depois na frente, de um lado e outro,* e andamos as seis quadras sob a neblina fria do inverno.

Na escola, foi tudo bem.

Eu tinha passado em matemática por alguns décimos de ponto.

Se um homem come sete laranjas e planta as suas sementes, depois de alguns anos estas sementes dão sete árvores com nove frutos cada uma, com quantas laranjas fica este homem?

Era uma pergunta tola.

Eu já tinha aprendido que na vida as coisas não eram assim. Eu nunca tinha visto um homem plantar as suas sementes de laranja, aquilo era simplesmente ridículo.

Se o homem tivesse quintal, *se* o homem regasse as sementes até que elas virassem árvores, *se* o homem ainda estivesse vivo quando as sementes tivessem realmente crescido, *se* chovesse o suficiente e todas as árvores vingassem, e tudo isso era muito improvável mesmo. *Se* isso acontecesse — eu tinha falado para a professora que aquilo era difícil mesmo e que a terra tinha de ser boa e tal, mas ela tinha me dito: "Tedda, você deve tratar das contas, isso não é aula de botânica, é prova de matemática, baixe a cabeça e resolva a questão."

Então eu multipliquei *sete vezes nove* e escrevi *sessenta e três*.

Por causa dessa conta, eu tinha passado na prova. Mas eu não acreditava naquilo do homem cuidar das sementes por tantos anos e ter dado tudo certo. A vida não era assim, simplesmente.

A *máma* sempre dizia que a vida era uma privação em cima da outra.

E se fosse daquele jeito, qualquer pessoa teria uma plantação de laranjas com algumas sementes e uns anos de paciência.

Apesar disso, a viagem estava garantida. Nossas notas tinham sido boas o suficiente para agradar a mamãe.

Então, com os dentes bem limpos, Paula, Miti e eu recebemos nossos boletins e voltamos para casa exultantes e levemente temerosos do dia seguinte, que era o Dia de Partir para o Lago. Tinha dado tudo certo. Pelo menos, era o que parecia.

Partimos muito cedo no dia seguinte.

A *máma* viajou com o Vestido Azul e um casaco escuro que ela só usava em dias especiais.

Paula levou suas duas bonecas.

Miti levou A Bola.

Eu levei um livro que tinha pegado na biblioteca da escola e que deveria ser devolvido no final das férias. O *táta* levou uma garrafa de vodca escondida no meio das suas roupas. (A *máma* não sabia disso.)

Fomos de ônibus até a rodoviária e, lá, tomamos o intermunicipal. Era um ônibus grande e confortável, com bancos forrados de um tecido azul. Eu e o *táta* viajamos de um lado, a *máma* e Paula foram do outro. Miti, muito contrariado, teve de seguir no colo da *máma*.

— Eu quero uma poltrona só pra mim, por que eu preciso ir no seu colo, *máma*?

— Você não paga passagem, filho. Você é menor de sete anos.

— Ano que vem vai ser diferente — gemeu Miti, nervoso.

E sua voz era cheia de promessas.

Paula segurou o riso. Ela *era* maior de sete anos, ela *pagava* passagem.

— *Dziecko!* — xingou a *máma*. — Não ria do seu irmão senão você leva um puxão de orelha.

Puxão de orelha era um castigo que a *máma* usava muito.

Paula ficou bem quietinha.

— Quanto tempo demora a viagem? — perguntei.

O *táta* fez umas contas nos dedos.

— Duas horas — disse.

— Só? — O *Esquilo,* sentado no colo da *máma,* pareceu muito decepcionado.

Era sua segunda decepção e o ônibus ainda nem tinha saído da sua vaga no terminal rodoviário.

— É um ônibus muito veloz — respondeu o *táta.*

E Miti pareceu se sentir melhor. Viajaria num ônibus muito veloz. Na volta, contaria aquilo aos colegas.

O ônibus arrancou com algum estardalhaço.

Um bebê começou a chorar algumas poltronas atrás de nós. Era um choro alto e chato. Miti fez *Pisshu!,* e a *máma* puxou sua orelha. Eu ri, mas era um choro muito chato mesmo, um choro que ia e vinha, e de vez em quando o bebê dava uns gritinhos mais altos, *Uiiááá,* e começava o choro outra vez. A *máma* avisou que aquilo devia ser *as cólicas,* e não disse mais nada.

O ônibus saiu do seu boxe na rodoviária e foi andando, sacolejando um pouco, e era bom ficar bem enfiado na poltrona azul, sentindo os bamboleios do ônibus. Mas a verdade é que não parecia um ônibus muito veloz. Eu disse isso ao *táta,* ele pensou um pouco e respondeu, muito confiante:

— É que ainda não chegamos na estrada, Tedda. Na estrada, você vai ver. Esse bichinho vai deslizar sobre o asfalto.

— Ah, bom — respondi.

Viajamos quietos.

Miti parecia muito feliz, mesmo que estivesse no colo da *máma*, e a cada coisa que via na janela, a cada coisa, mesmo que fosse banal, ele dizia, Olha, olha! E a gente olhava com muita curiosidade, e achava bonito não pela coisa, pedra, casa, placa, ponte, árvore, caminhão, mas por vê-la da janela do ônibus. A graça estava *naquilo*.

Depois que tudo aconteceu, fiquei pensando que, naquele dia, Miti ia para não voltar mais.

Olha, olha, talvez sua última ponte tivesse passado, sua última placa,

seu último caminhão,

e fosse isso que ele quisesse, *realmente*, nos dizer. Mas não dizia.

E eu precisei crescer muito para pensar assim. Muitas pontes e muitas viagens depois é que eu fui entender aquela euforia do Miti. Mas aí, como agora, já era tarde demais.

Naquele dia, ninguém notou.

Duas horas e meia depois, chegamos noutra rodoviária, menorzinha e mais limpa do que a primeira.

O ônibus não tinha sido tão veloz como o *táta* alardeara, não tinha deslizado "como um bichinho no asfalto". Mas a verdade é que tudo transcorreu muito rápido. *Olha, olha*, ponte, árvore, pedra, caminhão, e já estávamos chegando ao nosso destino.

Miti nem conseguiu comer todo o seu pacote de biscoitos (o pai tinha dado um pacote de biscoitos para cada um comer na viagem).

Miti dobrou bem o pacote contendo o restante dos biscoitos e disse:

— Vou comer na volta.

— Estarão velhos até lá — avisou a *máma*.

— Então eu como no caminho até a casa. Pronto, está resolvido. A casa fica longe, *táta*?

Miti ainda tinha oito biscoitos para comer.

— Vamos ter que tomar um táxi ou coisa assim. A casa é longe da cidade.

A cidade era tão pequena que parecia ter uma única rua, eu vi isso quando desci do ônibus. Miti e a *máma* vieram logo atrás, trazendo algumas coisas.

A *máma* disse:

— Se a casa é longe da cidade, vamos ter que passar num armazém antes de tomar o táxi. Precisamos de comida. — Depois suspirou, como num teatro: — Oh, *Bog*, que trabalheira!

O pai ignorou esse último comentário.

Era um comentário *típico*.

Andamos um pouco, cada um carregando uma mala ou sacola com coisas, Miti carregando seus biscoitos, muito sério e decidido a comê-los na viagem de táxi, e logo achamos um pequeno supermercado.

Era proibido entrar lá com alimentos ou bebidas

Então Miti teve que ficar do lado de fora. Era o terceiro azar da viagem, contou ele, *jeden, dwa, trzy,* primeiro o colo, depois o choro do bebê, depois a placa de *proibido entrar com alimentos de qualquer espécie* afixada na frente do supermercado. Mas ele era forte e iria resistir aos contratempos e iria ter boas férias, férias maravilhosas, isso sim.

Aquele talvez fosse O Dia do Azar se Transformar em Sorte.

Sim, pensou Miti, claro que era.

Miti ficou do lado de fora do supermercado comendo seus biscoitos, e o *táta* ficou com ele. Não era bom deixar uma criança sozinha na rua, a mãe dizia sempre. Milhões de crianças desaparecem todos os dias, ela falava com uma voz muito dura, *categórica*. Ninguém sabia que havia mil outros modos de uma criança desaparecer. Ninguém tinha pensado nisso *ainda*.

A casa era um pouco desengonçada, torta para um lado. Como se um vento forte demais a tivesse tirado do prumo. Mas era bonita.

Branca de janelas marrons. Com um jardinzinho na frente. E uma cerca de madeira. Com chusmas de florezinhas amarelas espalhadas pelo gramado. E tinha um lago em algum lugar.

Parados em frente à casa, não víamos O Lago. Do nosso lugar junto ao portãozinho de madeira, a casa era uma casa como outra qualquer, mas era uma casa com o segredo de um lago.

Ele cheirava. Seu cheiro de água e de algas estava no ar, igual a um sussurro.

Miti farejou-o como um cãozinho.

— Tem cheiro de água! — ele exclamou, exultante.

O *táta* riu.

A *máma* riu.

Eu não ri. Também sentia o cheiro do lago, e o lago possuir um cheiro, e esse cheiro estar vagando pelo ar, dando voltas e voltas em torno da casinha branca, era um milagre. Era como se O Lago fosse uma pessoa.

Naquele dia, eu não sabia, mas a palavra ideal, a palavra que traduziria tudo o que O Lago podia ser existia e era outra.

Entidade.

O Lago que estava escondido atrás da casa e que se espalhava para longe, alargando-se e estreitando-se até uma outra margem à qual nunca fomos, era uma espécie de entidade. E podia ser bom. E podia ser ruim.

— Vamos entrar de uma vez — disse a *máma*, segurando sua sacola de coisas. — Eu estou cansada. E ainda há muito a fazer.

O pai abriu o portãozinho. Enquanto isso, Miti ainda farejava o ar.

Fomos entrando numa espécie de fila indiana. O *táta* ia na frente, afinal de contas ele tinha feito a aposta. A *máma* ia atrás, carregando suas coisas e planejando o jantar (será que a casa tinha boas panelas?). Paula ia de mãos dadas comigo. De repente, ela estava com medo. As duas bonecas que iam apertadas sob sua axila direita pareciam também estar com medo, exibindo seus olhinhos de vidro arregalados de espanto.

Miti ia por último. Ele pensava no cheiro do lago.

"Não é bom nem ruim. É um cheiro.

Como o cheiro da abóbora. Como o cheiro do feijão cozinhando dentro da panela.

Como o cheiro daquele gato que vivia com a gente e que depois sumiu. Como era mesmo o nome dele? Zuppa. Zuppa era o nome dele."

O *táta* abriu a porta, e a casa nos revelou que ela também tinha seu cheiro. E cheirava a mofo.

Entramos. Alguém achou um interruptor e acendeu a luz.

— Pelo menos temos luz — disse a *máma*. E depois mudou de tom: — Assim dá pra ver bem a sujeira desse lugar em que você nos meteu, João.

O *táta* olhou-a com seus olhos magoados.

— Não complique, Janina. Era uma aposta. Você não queria que eles mandassem alguém antes pra arrumar tudo. Eu apostei quinze dias numa casa. Ninguém falou nada sobre ela estar *limpa*.

A *máma* fez um muxoxo.

Felizmente, tinha comprado produtos de limpeza. Felizmente, eu e Paula estávamos ali para ajudá-la. Como sempre.

Como sempre, Miti não participava desses rituais de detergente e água sanitária, porque era homem. Então podia concentrar todos os seus pensamentos no lago.

— Vamos lá ver, *táta*?

— Primeiro, vamos guardar as coisas — disse o pai.

E a *máma,* sem perder tempo, alcançou algumas sacolas para ele.

À noite, as coisas estavam guardadas e a casa estava limpa.

O lago estava no seu berço, e ainda exalava o perfume de água e de algas. Como um sussurro na noite. Como uma música cantada bem baixa para fazer dormir o bebê.

O lago ressonava.

Nós ainda não o tínhamos visto. A arrumação das coisas e a limpeza de casa haviam ocupado todo mundo. E então anoiteceu.

A *máma* descobriu que a casa tinha *boas panelas*. E fez sopa de beterraba. *Barszcz*.

Um por um, tomamos banho no banheiro de azulejos amarelos e sentimos frio porque a água do chuveiro demorava a esquentar "por falta de uso", como tinha dito o *táta*.

Depois comemos a *zuppa*, todos sentados em torno da mesa. Era uma mesa antiga, marcada pelo uso, redonda. Tinha seis cadeiras com assento de palhinha à sua volta. A lareira estava acesa e vinha um calor bom da sua boca incandescente.

Foi um jantar feliz aquele, o nosso primeiro jantar das férias. E, apesar do cansaço da viagem e da arrumação da casa, ninguém reclamou. A *máma* contou coisas da sua infância, que era o jeito que ela tinha de ser doce. "Quando eu era menina", ela sempre começava assim, e então nos falava dos avós e dos irmãos, e nós não acreditávamos que um dia o tio Josef e a tia Sara tinham sido alegres e tinham jogado bola e tinham colocado uma meia embaixo do pinheiro enfeitado na noite de Natal.

Mas a *máma* contava com descrição de detalhes, e ela não costumava cometer o pecado da mentira. A *máma* costumava *dar o exemplo*. Então ouvíamos calados e ninguém ousava retrucar.

Naquela noite, Paula, Miti e eu fizemos o mesmo.

"Quando eu era menina", começou a *máma*. E contou de um piquenique na beira de um lago como aquele. Por trás das cortinas da janela, o lago dormia alheio às histórias de Janina Slavch (mesmo que ela contasse poucas histórias). E a *máma* falava.

No final, o pai disse:

— Quase impossível que um dia Josef tenha pescado lambaris e comido sanduíche de ovo.

(O *táta* ainda estava magoado com a história sobre *a sujeira da casa*.)

— Não tenho que dar explicações sobre o temperamento do meu irmão — disse a *máma*, na defensiva, porque todo mundo sabia que tio Josef e o *táta* não se davam bem.

Nenhum dos dois pensava especificamente no piquenique e nas histórias de *antes*. O pai pensava, "Nada que eu faça é suficientemente bom para ela" e a *máma* pensava, "Ele vive implicando com a minha família".

Então tivemos algum tempo de silêncio, enquanto ambos revolviam suas mágoas.

O silêncio pesado ficou vagando entre os pratos sujos de *barszcz* como uma mosca grande e incômoda.

Lá na rua, a noite era maior do que tudo. E era muito fria.

Miti lembrou-se do lago e quebrou o silêncio:

— Vamos vê-lo, *táta*?

E o pai, para se livrar da mosca inconveniente que vagava entre os pratos de sopa, respondeu:

— Vamos, Miti.

Eu e Paula prontamente nos oferecemos para o passeio. A *máma* não gostava de lagos à noite. Aquilo de ter um lago por perto, a poucos passos da mesa de jantar, era muito novo para ela; porém a *máma* simplesmente sabia que lagos à noite não eram boa coisa, e preferiu ficar dentro de casa.

— Eu fico recolhendo a louça — disse ela.

E sua voz era triste.

Como se recolher a louça fosse a única opção disponível, e não porque a ela não fosse interessante a misteriosa vida noturna de um lago.

Sob a luz prateada da lua de inverno, o lago dormia. Como uma *entidade*. Como um grande animal sem volume. Como uma mancha de luz derramada sobre o solo.

O sono do lago era um sono intocável, de água serena e brilhante. A superfície argenta era como uma coisa de outro mundo, mágica e linda e fantasmagórica ao mesmo tempo.

Fazia silêncio ali. Um silêncio para além do chão e das árvores. Até a casa, branca e levemente torta, parecia respirar com cuidado para não perturbar o sono do lago.

Apenas alguns grilos cantavam de quando em quando. Lá no céu, as constelações ardiam sossegadamente. Era como um ritual.

Miti olhou tudo e seus olhos se arregalaram de espanto e de emoção. Dentro das suas roupas grandes demais, era um menininho admirado daquele segredo de águas e de lua.

Ele sussurrou baixinho:

— Que lindo, *táta*!

E foi aí que O Lago se apaixonou por Miti.

Tenho certeza deste instante.

Nem um grilo cantou. E as estrelas tremeram levemente lá no céu, cada uma na sua constelação, como alunas de turmas diferentes de uma mesma escola.

E foi então que o lago tomou sua decisão de ter aquele menino para sempre.

E foi então que o menino também decidiu que queria desvendar o sono do lago, e que queria conhecê-lo inteiro, por dentro e por fora. Um dia. Quando estivesse sozinho.

O menino queria saber tudo sobre O Lago.

Suas entranhas de prata.

Sua seiva fria.

Seus peixes.

Seu fundo de pedregulhos.

O *táta*, sem perceber o que acontecia entre Miti e O Lago, disse simplesmente:

— Amanhã vamos pescar.

Mas disse alto, não falou baixinho como Miti. E então as estrelas piscaram, despertas. E o lago bocejou, lambendo com sua língua úmida as margens de terra escura. E a magia se perdeu.

Foi um instante, não mais. Mas tinha sucedido.

E o encanto estava selado.

Na manhã seguinte, conforme o que tinha prometido, o pai nos levou a pescar. Miti jogou seu pequenino anzol na água e esperou e esperou. Fez como o *táta,* esperando e assoviando uma velha melodia que o *dziadek* também cantava nos tempos em que tomou um barco rumo à América.

— A pesca é o exercício da paciência — disse o pai, muito contente com tudo.

Com aquele céu azul e o lago à sua frente. Com as pequenas nuvens que o ventinho frio do inverno empurrava para frente no céu como barquinhos de algodão. Com os três filhos à sua volta, cada um portando sua pequena vara e suas iscas de pão, esperando pelos peixes.

Miti aquiesceu, tentando "exercitar sua paciência".

Mas estava entediado. Não queria pescar. Não queria *um* peixe ou *dois*. Aquilo era como desfiar um tapete, cor por cor, fio por fio. Miti queria o tapete inteiro, com sua trama original (inteira também). Queria deitar-se nele e enredar-se nos seus desenhos coloridos.

Com um ou dois peixes, mais um punhado de água, mais alguns pedregulhos, Miti não faria um lago. Ele sabia bem disso. Era uma questão matemática.

E um lago era o que ele queria.

Então, depois de um tempo que lhe pareceu longo demais, enquanto segurava seu caniço com o anzol na ponta, com a isca de pão presa ao anzol, Miti perguntou:

— Mas, *táta,* quando vamos andar no barco?

E o pai, segurando seu caniço com sua isca de minhoca, respondeu:

— Amanhã vou inspecioná-lo.

(Desde quando o pai entendia de barcos?)

— Ah, bom — respondeu Miti, sem poder fazer mais nada, e rezando para que nenhum dos peixes do lago estivesse com fome de iscas de pão.

Continuamos pescando.

À hora do almoço, tínhamos onze lambaris e uma traíra muito feia de dorso bem escuro. A traíra estava viva quando o pai a tirou da água, mas morreu dentro do balde, sem comer nenhum dos minúsculos lambaris que se debateram à sua chegada.

— Traíra come lambari — avisou o pai, como se pescasse desde sempre, encantado com aquilo.

Miti ficou olhando os peixes no balde de plástico. Depois de algum tempo de inquieta movimentação, quando os bichinhos saltavam centímetros de angústia, tudo se acabara.

— Já podem ir pra panela — disse Paula, que tinha tirado do lago oito lambaris, e que estava muito orgulhosa de ser "ótima pescadora".

Miti olhou-a horrorizado.

Depois espiou para dentro do balde por um instante e se descobriu muito infeliz. Não pelos peixes. Mas pelo Lago.

Era como se lhe tivessem roubado algo. Um pedaço, um segredo, um pensamento.

E Miti achou que O Lago Menos Doze Peixes estava mais triste ao final do dia.

"Não pesco mais nenhum peixe", pensou ele.

E tratou de ir sussurrar sua decisão às margens das águas, levemente tintas pelo sol do entardecer. Ele tinha certeza de que O Lago entenderia.

E assim os dias foram passando na casa torta à beira da água.

Um, dois, três

quatro, cinco, seis.

Os dias escorriam na peneira do tempo.

Como gotas. Como peixes recolhidos na ponta de um anzol.

A *máma* cozinhava e lia um romance de páginas amareladas. *Madame Bovary*. À noite, contava histórias da infância. Ela repetia-se. Não tinha vivido uma infância muito cheia de histórias. Mas a gente ouvia calado por causa do *respeito*. Quando a história era muito conhecida (como aquela do tio Josef e seu sanduíche de ovo), Paula me chutava sob a mesa, e então ríamos para dentro, bem baixinho, e a *máma* nem percebia.

O pai pescava. Lambaris, traíras. Certa vez, uma carpa veio dar no seu balde de plástico. (Miti ia anotando os peixes surrupiados ao lago numa folha de papel que guardava entre suas roupas grandes demais, e ficava a cada dia mais solidarizado com os sofrimentos do lago.)

O pai consertou o barco, parece que tinha um furo.

Às vezes saíamos para passear nele, sobre as águas cinzentas e frias. Eram os momentos mais felizes para Miti. Sentado no chão do barquinho de madeira, ele podia ouvir os segredos do lago. E conversava com ele. Com a alma. Discretamente. E as palavras dançavam em torno da sua língua, silenciosas, mas vivas, e escapavam-lhe pela boca como pequenos insetos misteriosos. Eram suas conversas com o lago, conversas sem som.

Mas certa vez eu o ouvi dizer, "Não fique triste, vou ajudar você".

E depois Miti sorriu um sorriso triste, solidário.

Os dias iam passando.
Sete, oito, nove
dez e onze.
Como gotas.
Como iscas num anzol.

Eu e Paula brincávamos de casinha no quintal. Nós e as duas bonecas. Toda tarde, as duas bonecas tomavam banho de lago. E, à noite, elas faziam xixi na cama. Paula ficava muito braba. As bonecas estavam perdendo a educação. Onde é que já se viu?

A *máma* dizia, "Essas bonecas não foram feitas para brincar na água", e então sacudia a cabeça por causa do transtorno que as bonecas faziam.

Eu e Paula também pescávamos com o *táta*.

E fazíamos comidinha de folhas para as bonecas.

Miti achava isso muito chato. E anotava os peixes pescados.

Um por um. Cuidadosamente.

Dia após dia. A contabilidade dos peixes. E então pedia desculpas ao lago. Mas já o sentia meio distante, como se ele, Miti, fosse *o culpado*.

— Vamos parar de pescar? — pediu ele ao *táta*, certa vez. — Já temos peixes demais.

Era no décimo segundo dia. E o pai respondeu:

— Meu filho, a pesca é o exercício da paciência. Daqui a três dias vamos embora.

E continuou pescando.

Miti já não achava o sono do lago tão prateado, nem tão mágico. Sabia que ele estava sentindo falta dos seus peixes.

Sessenta e dois ao todo.

Quarenta e nove lambaris.

Doze traíras.

Uma carpa.

Todos meticulosamente anotados, com a data em que haviam sido tirados do lago.

E os dias foram passando.

Doze e treze,

quatorze.

Foi então que Miti teve uma ideia.

Não voltaria para casa sem ajudar o lago.

E havia duas traíras na geladeira.

Duas traíras e dez lambaris. Lavados, inteiros. As traíras já estavam sem as entranhas, esperando o almoço da despedida. Mas por fora não se notava nada. Pareciam tão traíras como quaisquer outras.

E Miti fez o seu plano. Organizou tudo meticulosamente. Matematicamente. *Jeden, dwa, trzy.* Porque Miti era um menininho muito organizado.

A *máma* serviu o último jantar das nossas férias, porque no dia seguinte, ao final da tarde, partiríamos de volta para a cidade. A comida era *bigus,* refogado de repolho, e carne assada.

— Nosso último jantar — disse ela, um pouco triste.

No fundo tinha gostado daqueles dias.

— E os peixes? — indagou o *táta.*

À súbita menção dos peixes, Miti arqueou-se todo. Seu plano estava certo, perfeito. Ficou olhando o rosto do pai, rosto de quem queria saber dos seus peixes, e então ouviu a *máma* respondendo:

— Estão na geladeira. Amanhã vou fazer um refogado com eles.

Nosso último refogado de peixes.

Mas Miti sabia que não.

O último refogado de peixes havia sido comido no dia anterior. Aqueles peixes ali, dentro da geladeira, prateados e tristes, já tinham outro destino.

O *táta*, intranquilo, ergueu-se, foi até a geladeira e espiou os seus peixes, empilhados, as duas traíras, uma em cima da outra. Os lambaris, dentro de um prato fundo. Miniaturas delicadas, que cheiravam forte.

Depois o *táta* voltou para a mesa. Não viu os olhos magoados de Miti. Mas Miti andava muito diferente.

Só que ninguém notava.

Comemos em silêncio. Às vezes, alguém dizia alguma coisa. Bobagens. O pai falava na volta. Na viagem. No ônibus moderno. A *máma* pensava nas costuras que a esperavam sobre a mesa da máquina, na salinha. Lá na cidade não havia lago, lareira, peixes.

Paz.

Silêncio.

A *máma* acariciou a saia do Vestido Azul. Acariciar a saia do vestido era uma coisa que ela fazia quando estava triste. E, naquela noite, não contou histórias.

Miti ficou muito calado, comendo seu *bigus*. Não contava mais as coisas, nem os pássaros, nem as colheradas que colocava na boca, nem os goles de água que Paula tomava, nem nada. Só contava peixes. Tudo anotadinho sobre a cama.

"Pensando bem, vou devolver as folhas para O Lago. Assim ele vai saber quantos peixes perdeu, e quantos ganhou de volta. Assim ele vai me perdoar."

Depois do jantar, eu e Paula recolhemos a louça. A *máma* avisou:

— Amanhã, faremos as malas. E vamos deixar tudo limpo, meninas.

Não era O Último Dia de Férias ideal.

Mas também a vida não era perfeita.

Deitado na sua cama, Miti esperou a casa mergulhar num rigoroso silêncio. Na cama grande, ao lado, eu e Paula dormíamos. Miti podia ouvir, lá fora, a respiração ofegante do lago.

Esperando.

Ansiando.

O lago no seu berço.

Ele estava um pouco nervoso, seu coração batia acelerado dentro do peito, sob o pijama de listas que tinha sido da *máma,* mas que "não dava para notar". Era um pijama *unissex,* lhe tinham dito.

Quando tudo se aquietou, Miti escorregou para fora da cama. Seus pezinhos nus sentiram o contato frio do chão, mas ele não iria pôr seus chinelos. Mulheres têm o sono leve, a *máma* sempre dizia. Embaixo da cama, com muito cuidado, pegou um saco plástico que tinha surrupiado da cozinha no dia anterior, e pegou sua lista com os peixes anotados.

Então ele saiu para o corredor, mal tocando o chão, tomando cuidado até para respirar. Andando no escuro, por aquela casa que não era dele, com aquele pijama que não era dele, com seu saco plástico roubado.

Como uma sombra.

Como um menino que nunca teve nada, mas que agora tinha um lago.

Primeira parada: cozinha.

Não acender a luz (pode ser perigoso).

Andar dois passos até a mesa, virar à direita. Mais três passos. Do lado do armário, a geladeira.

Quando abrir a geladeira, uma luzinha vai acender (então tudo fica mais fácil).

Duas traíras e dez lambaris, na terceira prateleira. Colocar tudo dentro do saco sem derramar no chão. Com cuidado.

Fechar a geladeira.

Três passos de volta, virar à esquerda, mais dois passos da mesa à porta.

Corredor outra vez.

FIM DA PARTE UM DO PLANO.

Miti tocou o papelzinho dobrado dentro do bolso do pijama de listas. Tinha decorado item por item, já que não poderia ler seu plano no escuro, caso se perdesse em alguma das ações.

Mas tinha dado tudo certo até ali.

E então Miti saiu pelo corredor, rumo à porta dos fundos. Enquanto andava, *plac, plac, plac,* pezinho branco e descalço tocando no chão frio, ele ia sentindo a respiração do lago. Aumentando. Aumentando.

— Calma, amigão, vai dar tudo certo — sussurrou ele.

E tocou no saco plástico com seu precioso conteúdo prateado. Seu resgate.

A noite era fria. Bem lá em cima, no céu, numa camada distante, algumas estrelas brilhavam. Eram poucas e cobertas por uma névoa fina que deixava tudo mais escuro e triste. Não havia lua. Um vento arredio soprava da serra ao longe, úmido, com um bafo de quem tinha lambido coisas misteriosas.

Miti sentiu um pouco de medo.

Um cachorro ladrou ao longe só para deixar o medo mais eriçado sob a pele de Miti.

Estava bem escuro. Uma única luz, na parte externa da casa, parecia um farolete bobo, que não servia para nada a não ser avisar que *aqui tem gente.*

Miti caminhou até embaixo da luz e tirou do bolso o papel. Porque estava nervoso. E era bom ler o plano para não cometer erros.

Pegar o barco na margem do lago e empurrar pra dentro como o pai faz.

Levar o saco de peixes.
Remar até o meio do lago.

Miti suspirou de alívio. Tinha tudo planejado e nada ia sair errado, nada mesmo.

O lago ansiava em seu berço, remexendo-se um pouco por causa do vento que vinha da serra, remexendo-se como um bebê inquieto.

Miti foi até a margem. O gramado úmido de sereno molhava seus pés. "Amanhã a *máma* vai me pôr de castigo", pensou ele. Mas O Lago esperava. O Lago confiava nele. Tinham um ao outro. Então Miti largou o saco com os peixes na margem e empurrou com força o velho barquinho, como tinha visto tantas vezes o *táta* fazer.

Tinha um remo dentro do barco.

Um remo azul, como uma grande pazinha de sorvete.

Para entrar no barco, Miti teria que pisar na água. Pensou no pijama molhado e no que a *máma* haveria de dizer no dia seguinte. Mas plano era plano.

O escuro passou por ele como um fantasma trazido pelo vento. Depois um clarão cortou o céu. E outro. E mais outro.

Da serra, vinha um vento cada vez mais forte. E gotas de chuva, gordas. Que explodiam no rosto de Miti. Que formavam círculos na superfície negro-prateada do lago.

O medo roçou meu irmão outra vez. O medo tinha uma mão fria de dedos leves, mas Miti pensou, "Vou ir, preciso ir, o lago espera por mim".

E então tomou o saco de peixes e pulou para dentro do barquinho, que oscilou um pouco, indeciso, depois se equilibrou na água. Miti começou a remar com dificuldade. Tinha os olhos postos no saco com os peixes, guardado no fundo do barco. O seu presente.

Remando, remando.

Não era fácil remar.

Aquela parte do plano não estava escrita. Necessitava do improviso. E Miti continuava remando, até o meio do lago. E a chuva aumentando, grossa, pingando por tudo seus pingos gordos. Desenhando no rio. E a luzinha da casa cada vez mais longe. Um pequeno farol.

No céu, as nuvens.

As estrelas tinham fechado seus olhos. Para dormir. Ou para não ver.

No meio do lago, um menininho de seis anos devolve seus peixes. Um a um.

Primeiro os lambaris. *Plact, plact.*

Dez vezes *plact.*

Os lambaris caem na água e desaparecem, engolidos pela imensa boca escancarada do lago, que os leva docemente para a beira sem que Miti sequer perceba.

Depois as traíras.

Um *plact.*

A traíra-mãe vai para o fundo das águas, depois sobe e fica boiando, sem entranhas. Como uma oferenda prateada.

Miti toma um susto.

(Nessa parte já não há mais nada de planos. Nem adianta ler o papel no bolso do pijama.)

Vai ver que a traíra-mãe está esperando pela traíra-filha, a menorzinha. Só pode ser. Miti respira aliviado e resolve atirar a traíra-filha de uma vez.

Então Miti atira seu último peixe. *Plact.* Atira de olhos fechados, rezando com toda a sua alma para que ela mergulhe e se vá para as funduras misteriosas e lindas do lago.

Mas ele abre os olhos e as duas traíras ainda estão lá. Boiando. Uma ao lado da outra. Como dois olhos prateados, um grande, outro pequeno.

— Afinal, o que é isso?

A vozinha de Miti, fina, ansiosa, se perde no escuro como um pássaro que estivesse longe demais da sua casa.

A chuva cai por tudo, e às vezes cai nos peixes, que já começavam a se afastar. Então Miti pensa que deve fazer alguma coisa. Ajoelha-se no barco, levando o corpo todo bem para a borda, o bracinho estendido, inteiro, inteirinho, e os dedos tentando tocar o peixe-mãe e o peixe-filha, mandá-los para o seu lugar no fundo do lago. Mas não dá. Seus dedos não alcançam os peixes.

Miti espicha-se um pouquinho mais.

Só um pouquinho.

A ponta do seu dedo indicador toca uma superfície viscosa. É a traíra. Miti faz força. E vem mais para a borda, desequilibrando o velho barquinho de um remo só.

E um raio estala com raiva no céu.

E a chuva cai mais grossa, fazendo barulho na água do lago.

E *plact*.

Um grande *plact*.

E o desenho de um círculo grande na superfície do Lago.

Que respira fundo. Uma vez. Duas vezes.

E depois se cala.

Lá na margem, a única luzinha da casa brilhando no escuro. Vendo tudo.

Chorando com a chuva.

No dia seguinte, Miti não estava na cama.

Talvez estivesse passeando por perto, o que já era errado.

A *máma* não gostava.

Mas não apareceu para o café, e o café ficou esfriando na mesa. Pouco antes, a *máma* tinha dado falta dos seus peixes e achou aquilo estranho.

Nunca mais a mãe se lembrou do sumiço dos peixes. Quando ela estava acabando de ferver o leite, eu olhei pela janela da cozinha e dei um grito.

Já havia sol outra vez. E dava para ver, no meio do lago. Por causa da listas do pijama.

E era Miti. Só podia ser Miti.

A *máma* chorava.

Os olhos azuis, tristes de um choro que eu nunca tinha visto. E a única tentativa do pai de alegrar aquela vida tão repetidinha tinha culminado na morte de Miti. O menor de todos. O único que ainda poderia ser salvo.

Miti, que amava um lago.

Miti, que contava a vida como se sempre houvesse sabido que ela lhe seria pouca.

O *Esquilo*.

A *máma*, sentada no chão da varanda onde estivera o corpo de Miti, ainda chorava. Estava ali chorando havia muito tempo. E muita coisa tinha acontecido.

O pai caminhara até a cidade pra procurar um médico.

O médico estava fora e só voltaria ao entardecer.

O padre viria à noite. Tinha ido dar a extrema-unção a um velho lavrador.

E a gente esperava.

Sentada no chão da varanda, a *máma* desfiava seu choro.

E eu lhe disse:

— Cale a boca, *máma*.

Disse sem pensar. Nem lembrei que era pecado. Quinhentas ave-marias.

Aquele choro estava me deixando louca. Um choro fino, que atrapalhava meus pensamentos. E eu precisava pensar.

A *máma* me olhou de repente. Nunca soube se teve certeza do que eu lhe tinha dito. Eram azuis muito pálidos os seus olhos. E mesmo inteira, sentada no chão de pedras da varanda que não era nossa, mesmo completa em suas vestes de lã um pouco gastas, mesmo com mãos e dedos e nariz e boca e lágrimas a escorrerem pelo seu rosto, ainda assim lhe faltava alguma coisa. Era como se tivesse perdido um braço ou uma perna ou um pé. Simplesmente, faltava alguma coisa na *máma*.

Alguma coisa *não estava lá*.

A *máma* não pareceu chocada com aquela minha falta tão terrível, e as lágrimas continuaram a correr pelo seu rosto.

Bog, *oh*, Bog, *meninas educadas não mandam a* máma *calar a boca*.

— Miti sempre foi um menino muito bonzinho — disse ela.

Não sei se falava para mim, se falava para ela mesma, se falava para Deus.

— É... A professora dele dizia isso.

A *máma* aquiesceu, muito séria, assim de repente, como se saber que a professora de Miti o achava um bom menino pudesse mudar completamente o curso das coisas. Como se aquilo pudesse salvá-lo.

— Vou falar com a professora dele na segunda-feira — ela disse, e parecia doida. — *Tak,* vou falar sim, na segunda-feira.

Segunda-feira, segunda-feira, segunda-feira.

A professora de Miti iria resolver tudo, de algum jeito.

A professora de Miti era uma moça franzina e quieta, que precisava subir num banco de madeira para escrever em toda a extensão do quadro-negro. Era o tipo de pessoa que não podia fazer alguma coisa.

Fiquei pensando na escola e no que as pessoas diriam por lá, e senti um pouco de vontade de chorar. Mas eu não podia. Tinha de ser adulta e consolar a *máma* como se ela fosse a menina. E a verdade é que eu não estava preparada para O Dia de Ver Miti Afogado.

A *máma* tinha parado de falar na professora e agora olhava para a rua.

Lá para dentro, decerto que o pai estava cuidando de Paula. Ela também não estava preparada, e parecia tão pequena, tão assustada, com suas duas bonecas velhas, olhando aquilo tudo acontecer. E não dizendo nada, nadinha mesmo.

Miti estava na cama do quarto maior, esperando pelo médico que lhe daria o atestado de óbito, esperando pelo padre que lhe daria o caminho daquela outra vida que eu desconhecia. Aquela vida que não havia de acabar nunca, sobre a qual a gente ouvia falar na igreja.

Passei a mão pelo rosto de minha mãe e sua pele me pareceu áspera e malcuidada.

— Foi Deus quem quis, *máma* — falei.

Falei por falar, porque me parecia uma frase que um adulto diria a uma criança num caso como aquele.

Uma frase *coerente*.

Porque era uma coisa que os padres diziam, então devia ser certo dizer *aquilo*, *naquela* hora.

— Vamos para dentro, *máma,* está ficando frio aqui.

Ela olhou-me sem compreender.

— Mas por quê?

— Porque a senhora vai se resfriar.

— Mas por que é que *Bog* quis levar o Miti, Tedda?

— Porque era bom estar ao lado dele, *máma*. Eu acho que é por isso. Ou talvez ele tenha cometido um pecado bem grande e a gente não soubesse... É, pode ser isso.

A *máma* pareceu espantada, subitamente, e disse:

— Vamos entrar, Tedda. Você tem razão, está frio aqui.

Segurei sua mão enquanto ela se erguia com certo esforço, depois entramos na casa semiescurecida e fria. A lareira apagada. Era preciso que alguém acendesse o fogo. A casa me pareceu muito triste então.

Como se ela também tivesse entendido tudo.

Eu não sabia que a casa tinha visto.

A mãe deixou-se acomodar num sofá. Resmungava sem parar.

"Vou falar com a professora, ela precisa saber: Quando eu o vi, era tarde demais, toda aquela água, *Wada, wada, wada,* água por todos os lados."

Deixei que falasse sozinha e fui ao encontro do pai para pedir-lhe que pusesse fogo na lareira.

No corredor, parei em frente à porta do quarto onde Miti esperava.

Entreaberta, a porta de madeira separava-nos discretamente. Eu mal podia ver o vulto sobre a cama, pois já escurecia lá fora e a frágil luz do anoitecer não era suficiente para definir os contornos do *Esquilo*. Mesmo assim, na semiescuridão, aquele menininho imóvel parecia perdido e muito, muito solitário numa cama feita para dois adultos.

Igual a um boneco velho.

Então entrei no quarto.

Meu coração batia forte dentro do peito, e era como se eu estivesse cometendo uma coisa muito errada, uma coisa que *Bog* condenaria, uma coisa que nem duzentos pais-nossos haveriam de apagar, uma coisa que poderia me empurrar para aquele mesmo destino: o frio e a água, aquele sono que não acabava nunca mais. Mas eu precisava olhar.

Miti tinha o rosto cinzento e os lábios abertos de um modo estranho que ele nunca usava para sorrir.

Ele estava com uma roupa seca, e não com aquela que caíra no lago. Uma roupa grande, decerto que aquele pulôver tinha sido do primo Stalin, que aquelas calças de um veludo cotelê azul-royal, tão alegres e esquisitas, tinham vindo de um outro dono, e ainda eram tão grandes nas pernas finas de Miti, tão para sempre grandes nele... Nem mesmo a cama — nada ali, nada a envolvê-lo, a mirá-lo, era dele.

De cavalo dado não se olham os dentes, dizia o *táta*. Então tentei esquecer que aquela roupa era engraçada e realmente grande demais para Miti.

Deitei-me ao lado dele, cuidadosamente. Nenhum calor emanava do seu corpo. Passei os dedos pelos seus cabelos ainda úmidos, castanhos, um pouco emaranhados. Miti tinha vivido, assim como eu e Paula, uma vida emprestada dos outros. Teria sido aquela morte a *sua* morte? Ou era a morte de outro, que acabava lhe calhando por alguma artimanha da vida? Para quem sempre, de um modo ou de outro, vivera dos sobejos alheios, até mesmo aquela morte, com tudo que tinha de trágico e de cruel, parecia-lhe grande demais, como as calças azuis que ele usava.

Até hoje, tantos anos passados, ainda me assalta a dúvida.

Miti teria mesmo morrido a sua morte, aquela morte escrita no livro do destino, traçada e calculada para ele, despachada e assinada, lavrada e oficial?

Ou teria ele acabado ao acaso de uma morte sem dono, talvez rechaçada por outro, que calhasse de lhe surgir no caminho assim de chofre, no caminho daquele menininho polonês que vivia de recolher reminiscências?

Nunca hei de saber, e o certo é que nenhuma certeza me teria serventia, pois Miti morreu por acaso ou por destinação, aos seis anos de idade, apaixonado pelas águas geladas de um lago. E estava ali, naquele princípio de noite invernal.

Frio.

Como se gente não fosse, mas gelo ou mármore ou algum tipo de pedra que tivesse a forma exata de um menino que tinha vivido o seu único amor.

— O que você faz aí, Tedda?

A voz do meu pai, vinda do escuro, era trêmula.

Hoje, sei que ele estava tão aterrorizado quanto eu. Sempre vivera uma vida discreta e regrada. Aquele acontecimento terrível jogava-o num mar de vagas imensas.

— O que você faz aí, Tedda? — ele repetiu.

Ergui-me com pressa.

Vi vagamente o rosto dele, parado à porta do quarto.

O *táta*.

Era uma face sem grandes atrativos ou feiuras, de olhos castanhos, uma pele citrina, a boca de lábios finos, a cabeça já um tanto devastada pela calvície. Por trás disso tudo, havia a tristeza, como uma aura.

Aquela era A Noite de Dizer Adeus ao Miti.

— O que você faz aí, Tedda? — ele repetiu novamente.

— Vinha chamá-lo para acender a lareira, *táta*. Está muito frio.

O pai pareceu confuso.

— E o que fazia aqui — deitou um longo e desconsolado olhar para Miti — deitada ao lado dele no escuro?

— Fiquei com pena dele, *táta*. Você sabia que isso ia acontecer?

Ele chegou-se mais perto.

— Você sabia, *táta*?

— Claro que não, Tedda. Essas coisas a gente não sabe... Elas simplesmente acontecem.

Simplesmente.

A voz dele fraquejou um pouco, pairou no ar pelo sopro de um segundo. Meu pai pareceu arquear-se como se um punhal invisível tivesse lhe cravado a carne, as vísceras, a alma. Ficou ali encolhido. Depois respirou fundo, tornou a ficar ereto e inteiro, carne, vísceras e alma reparadas do horror, e estendeu-me uma das mãos trêmula e calosa.

— Venha comigo, Tedda. Vamos acender a lareira. Deixei sua irmã dormindo lá no quarto... Paula chorou muito e está cansada. Agora é preciso tomar tino das coisas por aqui. É preciso cuidar da *máma* — disse sem muita certeza.

A *máma* não era exatamente o tipo que se deixava cuidar.

Seguimos os dois pelo corredor escuro.

A minha mão ia perdida na dele, uma mãozinha pequena envolta por aquela outra mão, grande, rígida, úmida, interminável mão de pai. A casa toda, tão quieta, tudo parecia muito estranho e ruim, como num pesadelo daqueles que a gente acorda molhado de suor.

Chegamos à sala sem trocar palavra. Havia a escuridão por tudo, e um vento entrava pela janela entreaberta que dava para o jardim.

A *máma* ainda estava lá, no mesmo sofá onde eu a deixara. Janina Slavch repetia sem parar: "*Wada, wada, wada,* água por todos os lados."

E sua voz fraca se perdia no escuro e morria.

Tudo foi muito rápido depois.

As frases eram ditas, e fazia-se o que era para ser feito, como num roteiro. Como as tarefas que a professora passava na escola.

Para fazer em casa.

Por itens.

Ligar para o médico, esperar o padre, esvaziar a geladeira, desligar o gás. Tudo certinho.

A *máma* na sala, imóvel como uma estátua. O *táta* e eu ajeitando tudo. "Menina boa, corajosa", dizia ele; e eu, menina boa, corajosa, obedecia calada, tentava ajudar. Ficava empurrando as perguntas para o canto do cérebro, porque não era a hora.

Eu tinha muito medo de que o *táta* chorasse.

Eu pensava, "se ele chorar, o que vai ser?"

Às vezes, parecia que ele ia chorar, quando, entre uma coisa e outra, entre desligar o gás e tirar o lixo da cozinha, ele ficava uns instantes quieto, e seus olhos cresciam como se fossem estourar, e ficavam muito brilhosos, cheios daquelas lágrimas que não desciam.

Eu esperava, morta de medo. Então o *táta* me olhava, seus olhos iam outra vez voltando ao tamanho normal, murchavam e secavam como flores velhas, muito obedientes. Era a lei, e ele sabia.

Pais não choram. Meninas boas e corajosas não choram.

Então a gente tinha que deixar tudo arrumado, era como tinha que ser.

Paula dormia.

A *máma* estava na sala, perto do fogo.

O pai esperava e dizia coisas. O lago, sua fundura, o atestado de óbito, a viagem de volta, o enterro. O pai falava e esperava. *Bog, Bog,* ele repetia, chamando Deus. Como se Deus viesse lhe dar explicações àquela hora da noite. Mas chamar por Deus era um bom modo de esperar. E esperar era um consolo para ele, porque não podia haver choro. Não ali.

Por volta das nove horas da noite, ouvi um barulho no portão. O rangido fininho.

Ergui-me defronte a lareira e, da janela, eu o vi subir pelo caminho. Era o médico, tive certeza, porque não usava batina. Não vinha vestido de branco, mas com um sobretudo gasto de cor marrom e um chapéu de feltro que estava enterrado até a metade da sua cabeça e que ele retirou com respeito ao ver a figura de minha mãe em frente à porta.

— Obrigada por ter vindo, doutor. *Dzie kuje.*

A *máma* parecia muito respeitável. Seu rosto estava um pouco vermelho por causa do fogo.

O homem apertou os olhos atrás das lentes dos óculos e entrou com algum constrangimento. Olhou para os lados, como se o menino morto (eles tinham lhe avisado que era um menino, eles tinham lhe contado tudo) pudesse estar por ali, mas apenas viu a mim e ao meu pai, ambos parados na porta da sala, com o calor da lareira a aquecer as nossas costas.

— Oi — disse-lhe. — A gente estava esperando.

O homem fez um gesto de cabeça, deixando claro que *não era certo* eu falar.

Aquilo era coisa de adultos.

Trazia uma valise negra. Pensei que ali deviam estar os instrumentos de medir as coisas do corpo. Devia ter um termômetro naquela mala, e uma daquelas réguas esquisitas que eles usavam para segurar a língua da gente enquanto examinavam a garganta.

Para Miti, nada daquilo seria necessário, apenas o atestado de óbito sobre o qual o pai tinha falado antes. Uma folha de papel.

— *Prasze* — disse minha mãe, indicando-lhe uma cadeira. — Sente-se.

— Conte-me o que aconteceu — disse o médico, e baixou a voz. — Depois quero ver o menino.

O pai segurou minha mão.

O silêncio da sala somente era incomodado pelo crepitar da lenha no fogo.

Então a *máma* disse:

— Estamos aqui há quinze dias, esta casa é de um amigo e viemos passar férias. Lá atrás, no quintal, há um lago e um barco de madeira. Ele — minha mãe ergueu os olhos, indicando o corredor escuro —, ele, Miti, todo dia, saía de barco com o pai e as irmãs. Hoje, bem cedo, antes que despertássemos, acho que saiu sozinho...

A voz da mãe falhou neste momento, ela ficou olhando as mãos por alguns segundos.

Miti no barco.

Miti mergulhando no lago. Ou caindo.

Depois ela recomeçou:

— Não cheguei a ficar nervosa... Ele poderia ter ido dar uma volta por perto. Hoje era o último dia, doutor.

A mãe começou a chorar.

O *táta* pousou sua mão pálida sobre o ombro dela.

— Oh, *Bog*! Por que isso foi acontecer com meu filhinho?

Aquilo parecia não importar para o médico.

Ele não tinha as respostas.

Estava claro que viera dar um papel, só isso.

Mas ele ouvia o relato de minha mãe com um rosto compungido e tímido. A dor dos outros é muito constrangedora.

— A que horas a senhora o encontrou? — quis saber o médico.

— Às dez da manhã.

— Eram nove e cinquenta — corrigiu o *táta*. E, depois, ficou muito esquisito quando disse: — Eu tirei o relógio antes de entrar na água.

O médico olhou-o com certo horror.

Então o homem entrava na água para resgatar o filho e dava-se ao luxo de salvaguardar o relógio?

Meu pai não chegou a perceber o brilho nos olhos do outro, a pergunta que não fora feita, mas pairava no ar. O pai tinha se enfiado no seu silêncio novamente. As mãos dentro dos bolsos da velha calça de flanela eram duas pombinhas brancas e medrosas.

Bog, Bog, ele devia estar repetindo mentalmente. Já não havia mais coragem dentro dos seus olhos castanhos, mas apenas o medo daquela coisa que era a morte do menino, do seu único filho homem.

Só que ele não podia chorar.

Eu entendia o pai. Por um instante, antes de mergulhar na água, o *táta* fugira. O alívio de simplesmente olhar os ponteiros do relógio, *clac, clac, clac,* antes do lago gélido, antes de Miti boiando com seu rostinho assustado de borco na água escura.

Clac, clac, clac.

Nove horas e cinquenta minutos.

Desafivelar a surrada pulseira de couro negro, apertar a frieza do metal na palma da mão calosa, *clac, clac, clac,* a maquininha batendo como um coração vivo. E depois acomodar o relógio num canto do gramado, perto da água, e deixá-lo ali, um espectador registrando tudo, como o próprio Tempo, para sempre à margem da vida de Miti.

O gesto rápido, rapidíssimo, era um refúgio, um sopro de normalidade, único naquele dia.

O que lhe estava reservado esperava pacientemente, no lago, no céu, nos olhos desesperados da *máma*: às nove horas e cinquenta e um minutos, meu pai viveria seu horror pessoal. Tirava o filho da água, o peso morto, ai que peso, a esposa e as filhas esperando na margem, e ele chorando e nadando, nadando e chorando.

E depois fora aquilo. Quem poderia esquecer algum dia o peso do corpo de um filho morto?

Parado ao meu lado, o pai desviara o rosto do olhar confuso do médico. Tinha já vivido coisas demais.

A *máma* recomeçou a falar.

— Quando João chegou à margem trazendo Miti, vi que ele não respirava.

Não disse mais nada, ergueu-se, alisando a saia amarfanhada. (Alisar a saia quando se está triste, regra da *máma*.)

Uma fileira de lágrimas grossas escorria-lhe pelo rosto. Mas era um choro muito correto, ela devia estar se esforçando mesmo.

Ninguém perguntara nada para mim durante toda a conversa.

A luz que vinha da lareira desenhava grandes formas nas paredes caiadas, tingia o rosto de minha mãe de uma cor alaranjada, espelhava-se nas lentes dos óculos do médico.

E era tudo muito lento. Tínhamos a noite inteira, depois viria a viagem de volta, a agência funerária e o rabecão que levaria Miti para a cidade pela última vez. Não havia pressa.

Jeden, dwa, trzy, o tempo ia devagar.

Somente aquele desconforto, o medo de entrar no quarto e ver Miti sobre a cama, imóvel para sempre. Dava-se o tempo como o ingrediente de uma receita, mas os milagres não são feitos de tempo — *se é* que eles existem.

Então não houve nenhum milagre mesmo.

O médico examinou o corpo e atestou a morte por afogamento.

O *táta* guardou o papel no bolso da calça.

Paula acordou chorando e com medo, e o pai foi estar com ela porque era mais fácil.

O médico aceitou uma xícara de café que me foi ordenado passar na cozinha. Ele sorveu-a rapidamente, talvez para partir logo por causa do olhar imenso e vago que a *máma* depositava nele. Como se fosse desejo ou culpa dele a morte do menino, como se à sua vontade — ah, se ele fosse Deus! — Miti pudesse despegar-se da cama e correr pela casa, simplesmente arrependido do susto que nos havia pregado.

Passava das dez quando o doutor partiu, desculpando-se pela demora em vir. Saiu para a rua escura onde as árvores eram despenteadas pelo vento do inverno.

O agradecimento da *máma* se perdeu no ar frio:

— *Dzie kuje.*

E a casa voltou ao silêncio de antes.

Por um bom tempo ficamos nós duas na sala.

Minúsculos ruídos vinham da cozinha, avisando que decerto o pai dava de comer a Paula. Sentada na mesma poltrona de antes, a *máma* trançava e destrançava os dedos.

A um certo tempo, ergueu seus olhos para mim.

— Não vou mais chorar — disse. — Nunca mais, Tedda.

Aquiesci.

Tá bom, máma.

Pensei em ir até a cozinha estar com Paula e o *táta*, e me ergui.

— Está com fome? — ela quis saber.

— *Nie, máma*.

Ela titubeou por um momento. Choraria ou daria ordens? A vida tinha de voltar ao normal, e *era* o destino, aquilo de sofrer.

Então resolveu seguir a segunda alternativa mesmo, e disse:

— Vá arrumar suas coisas, Tedda. Junte as roupas de Paula também. O padre deve estar por vir, e amanhã bem cedo nós voltamos para casa. — Depois acrescentou: — Se não tivéssemos vindo, nada disso teria sucedido.

E calou-se, num silêncio rancoroso, os olhos perdidos no fogo que começava a esmorecer entre as pedras da lareira.

Se não tivéssemos vindo...

Eu obedeci. *Menina boa, corajosa.*

O casaco azul da tia Sara foi o primeiro a ir para a mala, depois a saia de lã que tinha sido da *máma* e que ela reformara para mim, depois as duas blusas de tricô (de quem teriam sido mesmo?), a calça de veludo que tia Maria me dera por ocasião da sua mudança e que uma bainha bem-feita deixou na medida das minhas pernas, a camisola de flanela, dois pares de sapato que já tinham visto muito mais chão do que eu, mas que iam bem graças a um sapateiro cuidadoso que atendia minha mãe. O livro, emprestado da biblioteca. As meias, minhas sim, aquelas meias listadas, alegres, que eu ganhara do *táta* no Natal.

Dos pertences todos, somente das meias eu tinha conhecido a etiqueta, o cheiro de coisa nova. O restante viera, assim como as coisas de Paula, cuidadosamente acomodadas na mala verde (blusas, calça e casaco, calcinhas e o vestido xadrez que a *máma* fizera com as sobras de alguma encomenda), me viera por um caminho sinuoso que seguia para além de mim.

Humildade era o exercício a ser feito enquanto eu guardava os trecos, um a um, nas dobras certas, meticulosas, que a *máma* sempre exigia. Quem cuida das suas roupas as tem para sempre, assim dizia o *táta*, para quem o tempo era um fator nulo, como se as flores não murchassem, o outono não virasse inverno, as cores não desbotassem e o algodão não cedesse jamais. *Táta* não via os cerzidos cuidadosos com os quais a mãe mantinha suas velhas camisas de ir à fábrica.

O tempo, tão relativo.

Mas ele *não* queria ver.

Quantos segundos se gastaram para que os pulmões de Miti se enchessem de água?

"*Bog*, você sabe me dizer isso?"

Para que a velha mala de couro verde que a tia nos havia cedido ficasse bem aproveitada, guardei também as coisas de Miti (alguém teria que fazer isso, e Miti já não podia mais). *Jeden, dwa, trzy*, um, dois, três, era o que ele diria, tudo pronto no seu lugar, como fazem as boas crianças que não perdem tempo em obedecer a uma ordem.

Menina boa, corajosa.

O zíper fechado, a mala num canto. Nada ali naquele quarto transparecia o horror. Cada coisa no seu lugar. A minha barriga doendo, apertada por dentro, como se alguém invisível a estivesse torcendo e retorcendo, qual roupa na tábua do tanque. *Shisss, shasss, shisss, shasss*. Torce e retorce. Mas eu não dizia nada, porque não era a hora.

"Tudo tem sua hora", dizia a *máma*, todos os dias, quando Miti queria ir sozinho à rua ou quando Paula perguntava quantos anos demoraria para ela virar moça e poder usar sapatos de salto.

Aquela era a Hora de Arrumar as Coisas. A gente não tinha mais nada a fazer ali. Todas as horas da Casa do Lago tinham sido vividas, até a hora de ver o Miti morto dentro da água (isto sem ele nunca ter saído sozinho para além da esquina, onde podia brincar com amigos e jogar bola, desde que não fosse A Bola).

O padre logo viria e encontraria tudo bonito, a mesa recolhida, as malas feitas, Paula usando seu vestido de lã azul, os cabelos em tranças, o relógio no pulso do *táta*, a *máma* sentada à beira do fogo, com os olhos vermelhos de choro, coitada, sem desespero, porque Ele, *Bog*, roga por nós. O padre decerto ficaria contente.

Que família limpa! Bons cristãos...

Sim, senhor, seu padre. Eu já comunguei e sempre vou à missa.

Mas era verdade que Miti tinha morrido, e ele sempre ia à missa. Sempre.

A *máma* fazia questão.

Sentei-me do lado da mala, havia a madrugada toda pela frente. Tudo aquilo me assustava.

Estar e não estar.

Shiss, shass, shiss, shass. Torce e retorce.

Por exemplo: Miti ainda era, mas não existia mais por causa de um passeio no lago. Tudo podia mudar ao gosto dos minutos, aqueles farelos de tempo que eu jogava fora todos os dias. Mas de que vale ser criança, senão para desperdiçar o tempo?

"Menina boa e corajosa, estude para ter um emprego e poder comprar suas roupas", às vezes o *táta* dizia isso, e depois olhava no relógio. Decerto pensava nos minutos perdidos.

Quantos minutos Miti teria perdido na vida? Ele ganharia os minutos de volta? Ou já os tinha vivido, como a prorrogação de um jogo de futebol?

Por causa de um beque que deixou passar uma bola foi que viemos para cá. Por causa de uma aposta. Mas Bog *não gosta de apostas.*

Vai ver que foi isso.

O Senhor guardará a tua entrada e a tua saída, desde agora e para sempre.

Foi o que o padre disse. Salmo 121.

A *máma* chorou, ouvindo-o dizer suas frases colhidas da Bíblia, mas era um choro comedido, como devia ser o pranto que se chora a um padre.

Eu sabia bem que a tristeza dela seria derramada dali para frente, noite após noite, na solidão de cada madrugada, um choro abafado pelo travesseiro, como a gente fazia quando apanhava ou ganhava castigo. Porque a *máma* tinha vergonha do sofrimento, da fraqueza dela e da fraqueza alheia. Embora ela me tivesse dito que nunca mais haveria de chorar, as verdadeiras palavras eram, "Nunca mais vou chorar na frente dos outros, Tedda". Porque ela era *uma menina boa e corajosa,* só que já tinha crescido.

O padre falou mais coisas, fez um carinho desatento na minha cabeça e na de Paula, que se encolheu toda, passou os olhos erráticos pela casa que agora me parecia tão triste, falou algo sobre o conforto cristão e sobre a eternidade.

Depois chegou a hora de ir ver Miti, e o *táta* pediu que ficássemos as duas ali na sala, esperando.

Ficamos.

Paula olhava o fogo sentada numa poltrona. Estava mais calma após ter jantado. Parecia parcialmente esquecida do que tinha sucedido.

— Como é mesmo que se diz "Deus" em polonês?

— *Bog* — respondi.

— Ah! — ela disse, e se calou.

Fiquei pensando nas coisas que o padre tinha falado. Deus era uma espécie de porteiro ou coisa parecida. Um porteiro do Céu.

— Ele tinha dito umas coisas estranhas que, no entanto, haviam trazido um conforto muito visível aos meus pais. Mas talvez o padre apenas quisesse dizer, "Não foi culpa de vocês, foi Deus". E por isso Deus fosse tão misericordioso, por assumir as milhares de culpas que seriam tributadas nas almas dos milhares de pais desatentos ou relapsos ou azarados deste mundo, e isso tinha mesmo alguma lógica. Talvez o conforto dos meus pais fosse apenas alívio. E desse modo a presença do padre explicava-se, valia, era quase fundamental para o prosseguimento das horas, dos dias, dos meses, da vida de João e Janina Slavch.

Da sua poltrona, Paula quebrou o silêncio (mas se a gente forçasse os ouvidos podia escutar os passos lá para dentro):

— O que é vida eterna, Tedda?

Paula não tinha realmente esquecido o assunto.

Embora eu tivesse apenas três anos a mais do que ela, me senti muito adulta com o peso daquela pergunta em minhas mãos.

— É a vida que a gente leva depois que morre, pelo menos eu acho. É isso que o padre diz.

Paula pareceu confusa, mas acabou concordando. Na verdade, o padre sempre dizia aquilo, na missa, sobre a morte e sobre a vida que vinha depois da morte, ao lado de Jesus e dos santos. Era até uma vida muito boa, dizia o padre, uma espécie de descanso.

— É — emendou Paula —, eu já vi o padre falar isso da vida eterna. Todos os padres falam, e as freiras também.

— Ficamos ambas caladas por um tempo, pensando naquilo tudo. Na verdade, éramos duas crianças confusas em frente ao despenhadeiro do oculto. Nem o pai nem a mãe, imersos nas suas próprias dúvidas e angústias, tinham nos explicado os acontecimentos daquele dia. Havia apenas um *nunca mais* pairando no ar como uma sombra. E aquilo tudo sobre *ser a hora*.

— É Deus quem escolhe se a pessoa vai morrer, Tedda?

— Acho que sim, Paula.

— Então *Bog* pode me escolher?

— Acho que pode. Mas não quer. Ele já escolheu o Miti.

— É — arriscou Paula. — Ele já escolheu o Miti. Mesmo assim eu estou com medo. Mas por que uns morrem e outros ficam vivos, Tedda?

Apertei sua mão.

— Não sei. Não sei mesmo. Deve ser pelo mesmo motivo que uns são ricos e outros são pobres. Como um sorteio ou coisa parecida.

— Mas o Miti tinha sorte nessas coisas...

Pensei um pouco.

Certa vez Miti tinha ganhado um livro de poemas numa rifa da escola. Ele ainda nem sabia ler, mas tinha ganhado mesmo assim e todo mundo sentira inveja dele com seu livro de poemas que nunca seria lido. Era um livro de capa azul, com uma lua grande, branca e crescente, num canto.

— É, Miti tinha sorte. Lembro da rifa da escola. Mas vai ver que Deus não escolhe por sorteio. Pode ter um outro jeito que a gente não sabe, um outro jeito de escolher...

— Como notas?

— Pode ser isso. Vai ver que *Bog* vai dando notas pra gente, como na escola.

Paula deu de ombros.

— É, vai ver... — e suspirou, numa espécie de resignação. Seus olhinhos miúdos ficaram ainda menores no esconderijo das pálpebras. — Vou ficar com medo pra sempre. Não conte pra *máma*.

— Não vou dizer nada, Paula. Eu também estou com medo e não quero que ela saiba mesmo.

— A gente pode perder nota com Deus, né? Por tudo isso, tudo isso que estamos falando agora... Vai ver que é pecado. — Teve uma ideia. — Você dorme de mão comigo?

Era uma boa coisa.

— *Tak*. Durmo.

E então os passos começaram a ecoar no corredor, *plac, plac, plac*.

No quarto, a liturgia tinha acabado.

Partimos na manhã seguinte ao alvorecer, num carro de aluguel que cheirava a gaveta de guardados. O motorista era careca e fiquei a viagem toda olhando a cabeça dele, lisinha, cor-de-rosa brilhante. Apesar do frio, aquela cabeça sem cabelos suava muito.

O pai me cutucou.

— *Prasze*, Tedda. Pare com isso — disse baixinho. — Olhe para a rua!

Ele estava bravo. Seus olhos um pouco inchados de choro se plantaram em mim.

— Mas e o homem lá tem olhos nas costas, *táta*?

Ele continuou sério.

— Não, mas tem espelho retrovisor. — E disse que o homem ia estacionar no meio da estrada e me jogar para fora. — Vai ter que ir a pé o resto do caminho, se você não parar de olhar para ele.

Então olhei para a rua.

Não era bom.

Às vezes, na beira da estrada, eu via Miti, pequenininho, com suas calças de veludo azul.

O carro de aluguel sacolejava e fazia doer as minhas carnes, fincava em meu corpo minúsculas e incontáveis agulhinhas doloridas de um sono mal dormido. A mãe ia no banco da frente, alheia à viagem. Às vezes, eu podia ouvir o final de uma palavra sussurrada que lhe escorregava pelos lábios — estava rezando. Ela fazia muito isso.

Se eu virasse para trás, espiando pelo vidro traseiro do automóvel, podia ver o vulto escuro do rabecão que seguia na nossa esteira pela estrada vazia. Mas Paula não me deixava olhar para trás. Ela estava com medo. Estava com medo que eu olhasse, estava com medo da confirmação da morte, da existência da morte e da consequente inexistência de Miti, que ia guardado num caixão de madeira, poucos metros atrás da gente, comendo a poeira que se levantava das rodas do carro de aluguel.

E o *táta* continuava de olho em mim.

"Deixe em paz a careca do homem, Tedda", era o que seus olhos me diziam.

— A casa era igualzinha à minha lembrança.

Aquelas duas semanas não a tinham mudado em nada. Os móveis permaneciam todos acomodados nos seus lugares. O sofá com sua cor roxa, velho como era velha a tia Sara, nunca me parecera tão adequado. Era mesmo um móvel triste, como se estivesse ali apenas esperando a hora de acomodar o pranto pela morte de alguém e nada mais.

O *táta* fitava a velha poltrona de boca aberta, pasmado. Como se tivesse experimentado o mesmo pensamento que eu e então entendesse (como eu tinha entendido) que aquilo tudo — o somatório dos objetos que tinham regido nossos dias até então — havia trazido consigo, dos seus lugares de origem, uma sina que talvez não fosse a nossa, mas que agora nos cabia.

Aquele maldito lago talvez tivesse que, algum dia, engolir um menininho.

Mas esse menininho seria outro, e não Miti. Talvez fosse mesmo o filho do gerente da seção onde meu pai trabalhava. Porém, tinha aquela coisa de *ser a hora*.

Mas tinha sido a Hora do Lago ou a Hora do Miti?

Um torvelinho de acontecimentos tinha colocado Miti no cerne de um destino que teria sido traçado para o filho do gerente (sim, o pai sabia que o homem também tinha um menino), e assim um ciclo se fechava, o leão tinha engolido a sua presa e a vida obrigatoriamente voltava aos moldes anteriores, porque tinha acontecido assim desde sempre: uma cabeça por outra, uma simples questão de sorte e de azar.

A ocasião faz o ladrão, dizia a *badka*.

Era uma lógica dura.

Porque era uma lógica simples. Não deixava espaço para distrações e interpretações. Era como uma cabeça sem cabelos. Redonda, lustrosa e rosada. E você ficava olhando e olhando para ela porque simplesmente não podia parar de olhar, como um ímã.

Tendo sentido o peso desse raciocínio, o pai foi procurar uma cadeira onde acomodar o corpo exausto, porque algum brio inexplicável o proibia de sentar no velho sofá roxo que fora da *badka*.

A *máma*, alheia a essas sutilezas todas, e outra vez munida das urgências salvadoras da vida cotidiana, tirou o casaco para melhor se arranjar, e agora abria as janelas e dava ordens sobre a limpeza do chão, as comidas, as plantas que precisavam de água depois de duas semanas de sede e de esquecimento.

— Está tudo uma bagunça — disse ela.

Paula e eu, paradas no meio da sala, não atentávamos em obedecer.

Então a mãe virou-se e, súbito, pareceu ungida de uma grande tarefa, muito maior do que a limpeza ou a sede das plantas ou o preparo de um almoço improvisado.

— Oh, *Bog*! Tenho que providenciar a roupa do Miti.

A voz dela exalava um nítido tom de urgência, quase de excitação.

"Roupa pra quê?", sussurrou Paula no meu ouvido.

— Psiu — disse. — Não sei pra quê. Fique quieta.

Eu conhecia bem aqueles momentos da *máma*. Era melhor não se meter, e ela estava muito nervosa, por causa do Miti. Seus olhos pareciam duas contas esbugalhadas, vítreas.

Miti tinha seguido no rabecão para o cemitério onde seria velado e enterrado em seguida (já fazia bastante tempo desde a sua morte, o agente funerário tinha dito, e não era bom esperar muito mais).

Para tudo havia uma *hora*.

O pai olhou a *máma* como se viesse de outra realidade.

— *Prasze,* Janina... Por favor, não comece. Isto não é importante.

Janina Slavch atiçou-se em seu fogo interno.

Para ela, havia coisas fundamentais. Na sua família, ela disse, falando baixo como quando estava muito ofendida, aquilo era uma coisa muito importante.

"Nós sempre fizemos assim, com o *táta* e com a *máma*. Sempre foi assim na minha família."

O pai deu de ombros e respondeu:

— Faça então como achar melhor. E procure um preço em conta, não estamos em condições de gastar. — Faça um crediário — disse ele, com uma voz lenta, cuspindo as palavras como se fossem sementes de laranja.

Num gesto rápido, a *máma* tornou a vestir o casaco que tinha tirado havia pouco.

Olhou-me e, como se eu não estivesse ali desde o começo, repetiu:

— Vou à cidade buscar um terno para Miti. Um que seja apresentável. — Suspirou fundo. — Tedda, dê um jeito nas coisas. E avie-se. Você também, Paula. Quando eu voltar, seguimos para o cemitério.

Ela lançou um olhar magoado para o *táta*, depois saiu para a rua.

Então se foi, e assim voltou, a senhora Janina Slavch, minha mãe. E parecia melhor, mais corada até, quando entrou na casa uma hora mais tarde, trazendo a sacola de papelão com o terno escuro para Miti.

O terno, dentro da sua caixa, ainda recendia a loja, com seu tecido perfeitamente engomado, dobrado nos seus vincos originais, cheio de um futuro que para ele seria o da escuridão solene de uma cova.

— Tudo resolvido — disse a *máma*.
Me deu vontade de perguntar: "Tudo resolvido como?" Mas não perguntei.

Dos meus limites eu sabia bem.

Aquela pujança toda quando já estava tarde demais era incompreensível para mim. Mas a *máma* queria seu filho morto assim, bem-vestido, nem que fosse aquela a última vez. Depois de blusas e calças de todas as origens, usadas por tantos outros corpos que não o seu, depois do colchão que tinha o feitio do primo Valich, e onde Miti sempre afundava em suas madrugadas de sonhos, depois da casa emprestada, do nome que decerto tinha sido de um antepassado qualquer, Miti enfim teria algo de seu.

Tarde demais.

Shiss, shass, shiss, shass.

Minha barriga doía.

Roupa na tábua do tanque.

Ao chegar em casa, a *máma* encontrou-nos no mesmo lugar em que nos deixara.

Por um instante, estranhou que fossem apenas duas crianças onde antes eram três.

Jeden, dwa. Um, dois.

Mas então se deu conta do nosso desmazelo. Eu não tinha expedido qualquer providência; usava ainda a roupa do dia anterior, não me lembro qual era nem de quem a tinha herdado. Paula também não se arrumara.

A um canto, o *táta* roía as unhas como uma criança.

— O que deu em vocês?

A voz da mãe, um tom acima do normal, era de grande impaciência, mas sequer nos movemos dos nossos lugares.

— O que tem nesta caixa, *máma*? — a pergunta de Paula parecia vir de outra vida com sua vozinha rouca, curiosa.

— É um terno novo para o seu irmão — disse ela. — Eu fui comprar o terno, eu disse que compraria o terno. Vocês iam arrumar a casa, trocar de roupa. Mas vocês não fizeram nada disso, estão iguaizinhos. Sujos, com a roupa suja. E agora?

Ela estava muito nervosa.

Paula arregalou os olhos, confusa com aquilo tudo.

— Mas para que um terno se o Miti morreu, *máma*? Acho que ele agora não precisa mais de nenhum terno novo. Ou será que se usa terno no céu, *máma*?

A mãe tornou a empalidecer.

O verbo *morrer* e seu pretérito perfeito tão imutável e imenso, maior do que tudo, do fundo do qual toda e qualquer providência jamais poderia resgatar Miti, chocou-a terrivelmente.

— Oh, *Bog*! — gemeu ela.

E saiu correndo para o quarto, trocando as pernas na urgência de fugir.

E então Paula soube que tinha passado do limite.
O pai derramou um olhar cansado sobre nós.
Por que era mesmo que estávamos ali, falando e falando quando tudo o que ele queria era um pouco de silêncio?
Ele parecia querer dormir para sempre, mas havia tanto a ser feito, e havia o enterro e havia a noite com os parentes e suas condolências aprendidas de cor. Seus olhos indagavam *para quê?*, e seu rosto se retorceu numa raiva agoniante, raiva daquilo tudo, de nós todos, raiva da vida mesmo, da vida que se ia e da vida que ficava.
Custosamente, o *táta* ergueu-se do seu posto e fez menção de seguir para o quarto. Antes de ir, porém, virou-se para Paula e num gesto único, curto e terrível, sentou-lhe um tapa no rosto.
O tapa estalou no silêncio da sala.
Plact!
A mão do *táta* desenhou uma marca esquisita, avermelhada, no rosto de Paula.
— Nunca mais diga essas tolices, *dziecko*. Criança boba.
E o *táta* foi consolar a *máma*.
Pensou que devia ter batido nela, por causa do terno. Para que um terno agora? Mas tinha batido em Paula.
Era mais fácil.

Paula não ousou chorar, porque era uma menina tímida até para as tristezas. E tinha passado dos limites.

Corri para o seu lado.

Certa vez, por conta de uma desobediência, eu havia levado um tapa daqueles; ainda lembrava como podia doer, para além da pele, até que a dor fosse maior do que a gente.

Segurei sua mão, e ela permaneceu atada a mim, trêmula.

— Não fique triste. Eles estão muito nervosos. Devem estar com medo, como a gente.

Adultos deviam ter medo. Não de escuro, nem de castigo, mas medo de outras coisas, como demissão e separação.

Como morte.

Um rio de lágrimas inundou os olhos castanhos de Paula, e ficou boiando ali sem coragem de seguir seu destino de choro.

— Está tudo bem, Tedda. Não doeu muito. Eu fiquei triste, só isso.

Só isso.

A mancha avermelhada do tapa ia sumindo do rosto dela, como se tivesse entendido.

Algum tempo depois, o pai e a mãe ressurgiram das funduras do corredor. Ambos calados.

O pai lançou na direção de Paula um olhar quase arrependido que se derramou pelo chão de madeira encerada.

— Paula?

— Ah?

Ele tomou-lhe a mão e desculpou-se.

— Não doeu, *táta* — disse ela.

A *máma* estava na cozinha, bebendo água, apressadamente, um gole atrás do outro. Eu já tinha trocado de roupa.

— Estou nervoso, Paula, você não devia ter dito aquilo para a *máma*.

Paula sorriu.

— Eu rezei e pedi desculpas, *táta*.

A mãe voltou da cozinha. Seus olhos azuis estavam mais vermelhos e inchados.

— Vamos?

— Vamos — respondeu o pai.

Tomamos um táxi para o cemitério.

Aqueles luxos todos — o carro de aluguel, a roupa nova, o táxi — me confundiam. Nunca, nem em dia de festa, eu tinha experimentado tantas elegâncias e novidades.

Dentro do carro, sobrava o espaço de Miti.

Eu, a *máma* e Paula nos tínhamos acomodado da velha maneira: *máma* a um canto, com Paula em seu colo, muito recatada e temerosa de inquietar aquela dama polonesa de olhos glaciais, eu ao lado de ambas no outro extremo do banco.

Entre nós, bem no meio, de onde podia espiar o espelho retrovisor e contar o número de carros que avançavam ou ficavam para trás, era onde Miti costumava ir. Sempre tinha sido assim, nas raras vezes em que a família andava de táxi. Miti com sua vozinha desafinada: *"Jeden, dwa*... Deixamos dois carros para trás!" E o sorriso polido da *máma* que sempre o exortava a continuar suas singelas matemáticas.

Agora aquele lugar estava vazio, e minha perna podia escorregar livremente pelo banco sem tocar na coxa de Miti. Sem despertar seu incômodo e as reclamações que ele teria feito à mãe.

"A perna de Tedda está encostando em mim, *máma*. Isso não está certo, *máma*. Tedda está invadindo o meu espaço."

Eu quase podia ouvi-lo falar, atropelando as palavras na sua euforia de se ver livre do contato da minha perna.

Mas havia apenas silêncio. Um silêncio turvo que, de quando em quando, era cortado por algum comentário do pai.

"O que dirá tio Josef?", ou "Pobre tia Sara, não há de aguentar esse sofrimento..." Ou ainda: "O gerente da minha seção vai ficar tão triste. Será que ele vai estar presente, Janina?"

Mamãe respondia-lhe com monossílabos desinteressados.

As palavras do *táta* eram-lhe incompreensíveis. Ela olhava para gente e parecia dizer: "Estou sofrendo, *prasze!*"

Mas o *táta* não via os olhos dela, só via aquela dor dentro do seu peito, e era para fugir da dor que ele falava aquilo tudo. Falava sem vontade, como um bobo.

Eu dedicava toda atenção àquelas bobagens que o *táta* dizia — era o seu jeito de estancar o tempo. Como na beira do lago, quando ele olhava as horas no seu relógio na ânsia de socorrer o filho morto; agora ele fazia qualquer exercício de raciocínio para afastar seu trêmulo pensamento do velório e do enterro de Miti.

Do escuro e do frio da lápide que o engoliria para sempre com o terno novo e tudo.

O motorista do táxi guiou a viagem inteira sem dizer palavra.

Ouvia o pai com o rosto contrito, quase envergonhado pela fragilidade que emanava dele. Ele que era o senhor daquela família, o escudo, o guia, o dono da carteira que, ao final, teria a incumbência de pagar a corrida.

De quando em quando, os olhos fundos do velho motorista vasculhavam o banco traseiro, olhando pelo espelho retrovisor, e paravam em cada uma de nós, a *máma*, Paula e eu. O motorista parecia triste, como se também ele fosse um de nós.

Uma família bonita. Como Deus faz isso?

Milhares de outras famílias bonitas estavam sofrendo naquele instante.

O cemitério ficava longe de casa, era preciso atravessar boa parte da cidade até que se pudessem divisar seus muros cinzentos. Atrás deles, como um segredo, é que estava a grande extensão verde pontilhada de lápides onde habitavam os anjos de mármore e as fotografias desbotadas, presas nas suas molduras de vidro, mais tristes elas do que os próprios defuntos a sete palmos do chão.

Era para ser um lugar calmo.

Mas tinha muita luz de dia, luz brilhando nas estátuas de mármore e na grama, e era muito escuro de noite.

Eu não me sentia calma lá.

— Tem muita gente morta? — perguntou Paula, baixinho.

— É um cemitério, Paula. É lá que os mortos ficam.

Ela me olhou em pânico. Mas era um pânico sutil: ela já tinha passado dos limites uma vez naquele dia.

"Onde ficam os mortos?" Disse-lhe que ficavam enterrados, sob as lápides, no chão. "E a gente vai pisar em cima deles, Tedda?"

A *máma* nos olhou com seu olhar de *já chega*.

Depois de dobrar aqui e seguir por ali, serpenteando por ruas e avenidas que cortavam a cidade, o carro estacionou em frente ao portão de ferro que guardava o cemitério. Havíamos chegado, enfim.

O pai suspirou fundo, tentando encher a alma de coragem para abrir a porta e voltar àquele mundo que lhe arrancara um dos poucos motivos de felicidade, senão o maior deles. Parecia um velho. No trajeto da casa ao cemitério, tinha envelhecido, adquirira uma certa aura trêmula de criatura incerta, olheiras tinham aparecido ao redor dos seus olhos.

O motorista achou prudente despertá-lo do seu torpor.

— Chegamos, senhor.

O pai, ombros curvos, aquiesceu.

Com um gesto lento, tirou do bolso da calça a carteira gasta. Contou algumas notas, estendendo-as ao motorista.

— Aqui está, amigo.

O pai tinha aquele jeito de chamar os outros de *amigo*.

O motorista pareceu não entender aquele *amigo*. Como se quase tivesse ficado triste de ser amigo daquele homem cansado e com um filho que estava para ser enterrado no cemitério.

Ele pegou o dinheiro sem dizer nada. Depois desceu para abrir a porta traseira e ajudar-nos a sair do carro.

A *máma* deslizou para fora como se não tivesse matéria, olhou o lugar, sacudiu o rosto de um jeito esquisito — por um instante pareceu que ia romper em pranto —, mas então se recobrou e pegou Paula no colo outra vez.

Na rua, a *máma* era só uma mulher triste com a filha no colo.

E o motorista não era nosso amigo, mas ficou com pena.

Eu vi.

Eu vi e desci do carro.

O velho motorista compadecido fechou a porta.

— Deus os guie — disse ele.

Deus estava em todas as coisas, o tempo todo.

Bog, Bog, Bog.

O motorista fez menção de entrar no carro, porém desistiu e olhou o meu pai. O sol fulgurante da tarde tornava-o mais triste e mais alquebrado.

O motorista ficou olhando-o por uns segundos, como se estivesse pensando em alguma coisa. Num movimento rápido, como se subitamente tivesse lhe ocorrido mudar tudo, toda a coisa, o motorista do táxi pegou do seu bolso as notas recém-recebidas, com as quais o *táta* lhe tinha pagado a viagem, e devolveu-as.

— Me desculpe — disse.

E entrou no carro.

Dentro do carro, girou a ignição.

O motor começou a se mexer, inquieto, e depois o carro partiu.

A *máma*, o *táta*, Paula e eu ficamos na calçada.

Com as nossas caras tristes.

O *táta* pensando que aquele dinheiro iria pagar a conta de luz do mês. Paula pensando que, no cemitério, teria de andar sobre os mortos. Eu pensando que o homem do táxi tinha pedido desculpas. E a *máma* pensando e dizendo:

— Ainda tem gente boa neste mundo.

O *táta* aquiesceu.

— Era um homem bom. Vi desde o começo — disse ele.

Meu pai gostava de ter certezas. Mesmo que não tivesse certeza das suas certezas. Era sempre um jeito de se pautar na vida.

— Por que ele pediu desculpas? — perguntei.

— Porque era um homem bom — disse a *máma*.

O pai guardou o dinheiro no bolso da calça.

E chegou a hora de entrar no cemitério.

Eu segui a *máma,* um pouco em dúvida com tudo aquilo. O homem e o dinheiro devolvido.

Me desculpe.

Como se o homem fosse o lago que engoliu Miti.

Mas não era a hora de perguntar.

Os muros, tão altos, pareciam cair sobre mim, ameaçando comer-me com sua boca fria e cinzenta de pedra. E eu, pasma, ergui meus olhos e li, bem no alto do grande portão de ferro, numa letra elegante e empoada que parecia estar ali desde sempre: *Tauta o bios.*

— Vamos, Tedda!

A voz da *máma* ecoou na rua e nos meus ouvidos.

São cinco horas da tarde e aqui dentro o sol é apenas um feixe de luz baça que entra pela janela alta, enigmático como o olho de um gigante exausto. Há um cheiro intenso no ar, são as flores. Poucas, é verdade, porque somos pobres e ainda restam quatro para comer de amanhã em diante: não é possível encher a sala mortuária com os cravos brancos que a *máma* cobiçou à entrada do cemitério com seus olhos pálidos. Mas as flores que aqui estão cumprem bem o seu trabalho, acho que se esforçam para agradar a *máma*. *Seria tão bonito se tivéssemos cravos brancos,* ela tinha dito, e o *táta* levou a mão ao bolso em que estava o dinheiro da corrida do táxi que a piedade do motorista lhe havia restituído, e então deve ter pensado no amanhã e no depois de amanhã e na conta de luz, porque se calou e não comprou os cravos para a *máma*.

Tia Sara e tio Josef trouxeram suas flores, duas coroas coloridas que estão sobre o caixão de pinho. Em ambas há uma faixa, uma espécie de fita, onde se leem as inscrições "Na eternidade com Deus" e "Saudades eternas". Acho muito, muito bonito. Mas aqui onde eu estou, sentada nesta cadeira velha, gasta pelo uso e pelo cansaço, fico pensando que tio Josef nunca ia lá em casa, a não ser no dia de Natal e no aniversário da *máma*, e ainda nestes últimos tempos faltou aos anos dela sem dar explicação além da caixa do correio com as coisas que já não usava em casa e que sempre eram o seu presente para a irmã. Tio Josef não terá jamais saudades de Miti. Mas essa é uma coisa que não pode ser dita. Tio Josef nem conhecia Miti de verdade, nem sabia que ele tinha a mania de contar em polonês, *jeden, dwa, trzy,* nem sabia que Miti tinha medo do escuro e sonhava ser artista de cinema ou motorista de ônibus. De todo modo é uma frase bonita, *saudades eternas,* e as flores amarelas são viçosas, flores caras, qualquer um pode ver isso rapidinho — essas flores custaram uma boa fortuna. *Máma* chorou muito, apesar de ter dito que não choraria nunca mais. Agora ela está lá sentada ao lado do caixão e parece calma, pelo menos não está chorando, mas alisando a barra do vestido cinzento. *Bog, Bog, Bog.* É Nele que ela deve estar pensando.

Eu não vou lá perto do caixão.

Nem que me obriguem. Nem que eu fosse a mais corajosa de todas as meninas deste mundo.

Meus olhos andam por todos os lados, menos por esse, o lado do caixão. Eu sabia das flores e tudo o mais, sabia dos vizinhos, com seus rostos tristes, com suas roupas de missa. Sabia que todo mundo ia sentir pena e balançar a cabeça. Eu sabia que a *máma* ficaria assim grave, como uma daquelas moças de filmes que sofrem muito, mas que são serenas porque sempre dá tudo certo no final, elas confiam. Eu sabia que Paula ficaria amuada num canto, com medo, medo de morte, medo de morto, mesmo que o morto seja o coitadinho do Miti. Paula não quer nem pisar no chão, e não adiantou a *máma* lhe dizer que as lápides dos mortos estão lá fora. *Não há ninguém enterrado aqui*, a *máma* disse, mas Paula parece que não ouviu.

Eu sabia que o pai haveria de chorar num canto sob o olhar recriminante da *máma*, e que tia Sara teria a face branca de pó de arroz e aqueles olhos de quem diz, *Estava na cara que isso ia acontecer, onde é que vocês erraram nesta vida, que só se metem em encrencas?*, como se a *máma* perdesse um filho por dia e sempre fosse lhe pedir socorro e ajuda. Eu sabia que tio Josef traria a mulher e os dois filhos que ficam rindo baixinho sem perceber que eu estou vendo tudo, aqui do meu canto, da minha cadeira velha, estou vendo tudo, e tenho raiva, raiva, raiva. Cadê a cômoda que era da *máma*, afinal? Bem que esses bestas podiam devolver a penteadeira para ela ficar mais feliz, só um pouquinho, só um soprinho de felicidade, porque a mãe não diz, mas está desesperada por dentro.

Eu não vou lá perto do caixão.

Nem que o *táta* mande e prometa um castigo, nem que a *máma* ordene. Porque eu sabia que Miti ia estar de terno novo, seu único terno novo, mas ninguém me tinha avisado nada sobre o algodão. Algodão nas narinas do Miti, ai, meu Deus. *Bog, Bog, Bog.* É feio, é triste, é ruim de ver aqueles chumacinhos de algodão nas narinas do Miti, e eu nem sei por que esse maldito algodão está lá, nem sei direito.

(Aqui não é lugar de criança, disse uma senhora no corredor, antes. Me deu vontade de perguntar, Nem se o morto é o irmão mais novo da criança?, mas não perguntei.)

Eu levanto e vou até tia Maria, que está encostada no ombro do noivo, e chego pertinho dela. Sinto o cheiro do seu perfume. Tia Maria é boa, tem olhos castanhos, é uns dez anos mais moça do que a *máma*. Ela me sorri e diz, Tedda... É um jeito dela consolar a gente, sempre foi assim. Quando eu era pequena e caía, ela me erguia no seu colo e dizia, Tedda... A dor e o choro até passavam, eu lembro bem. Paula dizia que ela era uma fada. E fada ficou sendo uma mulher morena, baixinha, miúda, com voz doce e jeito bom de acalentar. Tia Maria era fada, mas ela não sabia.

Agora a fada-que-não-sabe-que-é-fada segura a minha mão dentro da sua, eu forço um pouquinho a voz, que não quer sair da minha garganta, mas que acaba saindo, e pergunto, *Por que aquele algodão no nariz do Miti, tia?* O noivo dela me olha com um jeito apavorado. Ele deve estar pensando que essa minha pergunta é imprópria, o noivo da tia Maria é professor numa universidade e o *táta* diz que ele gosta de palavras elegantes. (Imprópria é uma palavra elegante, pelo menos eu acho.) Mas a tia Maria não tem nenhum jeito apavorado dentro dos seus olhos escuros, e ela responde, *É assim mesmo, Tedda. Eles colocam o algodão para não escorrerem líquidos pela narina da pessoa, entende?* Eu não entendo e digo, *O Miti não estava gripado, tia. É a água do lago, é isso?* A tia fica com os olhos cheios de lágrimas, coitada. Acho que eu a deixei triste, e daqui pra frente decido não falar mais no lago. O noivo da tia Maria intervém, *Quando a pessoa morre, Tedda, se formam miasmas no corpo dela. Ah,* eu respondo, *Então é isso.*

Tia Maria sorri assim folgada de alívio, e eu volto para a minha cadeira no canto da sala que tem cheiro de flor; eu volto para a minha cadeira porque vi nos olhos do noivo da tia Maria que era hora de eu voltar para cá. *Limites, limites. A vida das crianças é cheia de limites.* Por mim, eu não tinha voltado para a minha cadeira, eu tinha ficado com a tia. Eu não sei o que são miasmas. Tem aquela doença do peito com nome parecido, aquela que a pessoa fica sem ar e sufoca assim de repente, mas que eu sabia nunca foi doença de morto, mas de criança pequena. De qualquer modo, não volto lá para perguntar.

O noivo da tia está me olhando como quem diz, *Fica aí, fica aí...* E eu fico aqui pensando que quando a pessoa morre ela derrete por dentro. Só pode ser isso. Primeiro derrete por dentro, bem devagarinho. Depois derrete por fora. É por isso que um funcionário do cemitério disse para o *táta* que era preciso adiantar o enterro. Por causa do tempo que já tinha passado desde que *o Esquilo* morreu, ele disse, por causa das *condições do corpo*. Miti deve estar começando a derreter, coitadinho. Um, dois, três. *Jeden, dwa, trzy.* Meu irmãozinho está derretendo.

Eu fico aqui balançando as pernas. Paula dormiu sentada e tia Maria a tomou em seu colo. As pessoas vêm e vão. Dizem coisas no ouvido da *máma* e do *táta*, bem baixinho. Nem todo mundo tem dinheiro como o tio Josef e a tia Sara para deixar uma coroa de flores com frases escritas que a gente pode ler e pensar: como eles gostavam do sobrinho. Então as pessoas vão lá e falam, dizem coisas, geralmente sobre Deus. Eu estou aqui e tenho vontade de retrucar, porque acompanhei tudo desde o começo, desde o iniciozinho mesmo, e não sei onde Deus tem a ver com isso, não sei mesmo. Mas o padre sabe, o padre sempre sabe de tudo e tanto que dá as penitências para os erros e pecados que a gente comete, e o padre está entrando e todo mundo fica quieto. Até os dois filhos do tio Josef param de rir.

O padre vai até a beira do caixão e olha ali para dentro por um instante. Nem sei se ele está feliz ou triste, a cara dele não tem sentimento, mas eu sei que, na Bíblia, chamam isso de resignação. O padre vai até minha mãe e ela levanta do seu posto e recebe um abraço. Esse padre é o confidente da *máma* lá da nossa paróquia, e às vezes eu acho que ela gosta mais dele do que do *táta*, ou, pelo menos, confia mais nele.

O padre volta para perto do caixão. Eu só penso naqueles chumaços de algodão tapando as narinas pequeninas do Miti, mas o padre olha tudo com um ar sereno de quem conhece Deus e Seus milagres bem de perto, e talvez ele entenda bem de miasmas e de derretimentos, e é por isso que começa a falar para os presentes, e todo mundo fica quieto, quietinho. Mas aí a Paula desanda a chorar. É um choro fininho... Deve estar com medo, e eu nem sabia que ela tinha medo de padre. Mas a Paula está com sono e com fome e é por isso que chora, e também porque está com medo de pisar em algum morto sem saber. Tia Maria lhe diz coisas bonitas ao ouvido, eu não ouço daqui, mas eu sei, porque é assim que as fadas fazem para acalmar as sobrinhas assustadas. Então o padre prossegue falando.

Morte, vida, juízo, anjo, Deus, eterno, pó.

O padre vai falando, a sua voz é delicada, voz de menino, e é engraçado, mas acho a voz dele bem parecida com a do Miti.

Alma, paz, repouso, Jesus, oração.

As pessoas ficam ouvindo aquilo tudo de olhos arregalados.

Céu, Polônia, sacrifício, fé, coragem.

O *táta* tem os olhos esbugalhados como quando bebe *piwa* demais e chega em casa gritando, só que agora ele não grita nada. A *máma* tem o rosto erguido, cuidadosamente focado em algum ponto da parede atrás do padre. Eles estão parados um do lado do outro, mas não se tocam, nem o braço, nem a mão, nem a ponta do dedo mindinho. É engraçado que seja assim, porque parecem dois colegas de escola que levam uma carraspana do diretor.

Não temos aqui embaixo morada permanente, mas estamos em busca da morada futura. Miti Slavch já encontrou sua morada. A viagem dele foi breve, mas assim Deus Nosso Senhor o quis.

O padre fala bonito, quem deve estar gostando é o noivo da tia Maria, ele também deve falar assim para os alunos da universidade.

Não devemos ter medo, somente fé, pois em breve estaremos todos reunidos outra vez, na Grande Morada.

O padre se cala.

A *máma* e o *táta* vão até a beira do caixão. Daqui não dá pra ver se eles choram, mas se choram é um pranto quieto, envergonhado. Talvez seja pecado não entender o que *Bog* quis. Não aceitar.

Alguém vem até mim, sinto sua mão pesada tocando no meu ombro. Ergo os olhos. É tia Sara, e ela não tem mãos de fada. A mão de uma fada é leve e brilha e aquece o corpo da gente. Tia Sara diz, *Não quer dar adeus ao seu irmãozinho, Tedda?* Ela me toma pela mão. Eu não quero ir, por causa dos chumaços de algodão, por causa dos miasmas. Eu não quero ver o Miti com miasmas, mesmo que seja de terno novo. Então, a dois passos do caixãozinho, eu começo a chorar. (Tia Sara me olha espantada, *O que deu nessa menina?*, deve estar pensando.) Eu nem mesmo quero chorar, mas as lágrimas vêm e são muitas, e escapam da minha boca também uns gritos finos, como se tivesse outra eu aqui dentro de mim, porque eu não sei de onde tudo isso vem, mas está aí, e todo mundo me olha com cara de espanto, e uns e outros têm cara de pena mesmo. *Menina boa e corajosa*, ouço a voz da *máma* dentro de mim e sinto uma espécie de vergonha.

Do seu lugar, no colo da tia Maria, Paula também chora. A *máma* me olha com um jeito angustiado, e o olhar dela se cola em mim. Eu devia ser uma menina corajosa e ajudar a *máma*, mas é que não posso, por causa dos algodõezinhos no nariz do Miti. *Tem outra eu chorando dentro de mim, máma,* eu digo, mas a voz não sai. Então alguém me toma pela mão e me leva dali com rapidez. É o noivo, o professor universitário. O noivo da fada. Será que ele sabe?

Ele me guia para fora, para o grande corredor onde estão enfileiradas todas as portas das câmaras mortuárias, como se fossem salas de aula cheias de alunos quietos, alunos de castigo. Penso em lhe dizer que meu casaco ficou lá, sobre a cadeira, um casaco azul que foi da tia Sara e que um dia me fez muito feliz. Antes de tudo acontecer. Quando ainda existiam Os Ricos e seus tapetes que engolem o barulho dos passos. Quando Miti ainda podia dizer que a senhora Lígia tinha uns olhos de peixe morto.

Mas eu desisto de avisar o noivo. Porque nunca gostei daquele casaco idiota mesmo. Parece que ele tinha o cheiro da tia Sara, e aquele cheiro, impregnado, ficava me incomodando.

Era um casaco bonito, mas não valia o seu cheiro.

Nossos passos ecoam nas lajotas do corredor, e tia Maria vem logo atrás, trazendo Paula consigo. Tia Maria também chora o seu choro de fada. O noivo dela me diz, *Vamos para casa, vai ser melhor, porque vocês estão muito cansadas, não é, Tedda?* Eu digo, *É.* Ele diz, *Isso mesmo.* É uma conversinha estranha. Mas, de qualquer modo, foi bom eu ter me livrado daquele velho casaco.

O noivo da tia Maria tem um carro estacionado bem na frente do cemitério. É bonito o carro dele, um modelo que eu não conheço, mas que Miti saberia dizer qual é. Ele guia com cuidado, sentado sozinho à frente, porque tia Maria está no banco traseiro, tendo

Paula em seu colo. Paula dormiu outra vez. Está mais descansada, agora que sabe que não vai mais espezinhar os mortos do cemitério.

A tia diz que vai preparar sanduíches quando chegarmos em casa. Eu me lembro de alguma coisa. Já sei: *O que quer dizer* tauta o bios?, pergunto para o noivo. Parece que ele sabe de muitas coisas, pois ele ensina aos outros e recebe um salário por isso. Ele me olha pelo espelho retrovisor e responde, *Isto é latim, Tedda, e quer dizer: esta é a nossa vida, ou algo assim, mais ou menos isso.* Eu me recosto no banco de trás. Um carro passa por nós, e outro e mais outro. *Ah,* eu respondo, *quer dizer isso.* E fico pensando nos sanduíches. A verdade é que estou com fome. Estou com sono também, igualzinho a Paula, que dorme no colo da tia Maria. Mas não vou dormir hoje, por causa do medo. *Tauta o bios,* repete o noivo, enquanto guia. *O latim é uma língua tão linda, não é, Maria?,* E a tia Maria assente, mas diz, *Pena que sempre lembre a morte, É uma língua triste, Machado.*

E então eu fico sabendo que o nome do noivo é Machado, enquanto ele segue defendendo o latim por mais algumas quadras.

O carro vai seguindo pelas ruas como um cavalo que conhece o seu caminho. Ou como um boi.

"Boi, boi, boi, boi da cara preta
pega essa menina
que tem medo de careta."

Eu tenho medo de muitas coisas. De avião, de escuro, de pecado, de miasmas. Medo de careta eu tenho, mas só se for careta de morto.

Careta com algodõezinhos no nariz.

Machado vai dirigindo compenetradamente, e o carro obedece. Eu vou dentro, sentada. Os miasmas teriam cheiro? Fico com pena de Miti porque sei que nunca mais vamos nos ver; em breve Miti nem mesmo existirá. A não ser lá no céu, mas no céu eu não posso ir, o que acaba dando no mesmo que morrer, mas eu é que não ouso dizer isso ao padre. E quando fecharem o caixão, Miti vai ficar lá dentro, no escuro, *jeden, dwa, trzy,* contando, contando. Contando para passar o tempo.

E derretendo.

E o tempo não vai passar nunca, ou vai passar todinho e começar de novo, porque os mortos não dormem nem acordam, não têm dia e noite — é tudo sempre sono e noite, e deve ser muito cansativo, muito monótono, muito repetitivo. Coitado do Miti, ele era um bom irmão, sempre educado, e tinha graça, secava a louça do almoço, nunca buliu nos brinquedos que não eram dele nem nada. Tinha mesmo muito irmão menor mais merecedor desse destino do que o Miti.

Tia Maria me olha e diz, *Você vai precisar ter paciência com sua mãe, Tedda. Ela vai ficar triste por um tempo,*

E eu lhe respondo, *Pode deixar, tia Maria, a gente vai cuidar da* máma.

A tia sorri, confiante. Ela não sabe é que a *máma* sempre foi triste, sempre, sempre, desde o começo. Acho que quando eu nasci a primeira coisa que vi foi seu rosto triste, o rosto triste e elegante da *máma,* como aquelas moças do cinema, que eram melancólicas e eram muito chiques e suspiravam baixinho a cada contratempo que acontecia na fita. Mas sinto pena da tia Maria e não quero lhe dizer que a *máma* enfim vai continuar igual, nem melhor nem pior, mas igual, na mesma tristeza, e muito correta, muito serena, muito econômica e muito católica, e enquanto Machado manobra o carro para estacionar na rua em frente à nossa casinha verde, a tia anuncia, *Vou fazer sanduíches de queijo.*

Eu penso em dizer que sanduíche de queijo era o preferido do Miti, mas logo o Machado responde, com uma alegria simulada, que afinal adora sanduíche de queijo, que é mesmo o seu sanduíche preferido. Então eu pergunto, *Você sabe que a gente chamava o Miti de Esquilo?*, *Não*, ele responde, *Por quê?*, Ele desliga o carro e tira a chave da ignição, *Por causa de um livro, A gente gostava, era uma espécie de brincadeira, Ah,* e parece que ele ficou triste assim de repente. *Eles chamavam o Miti de Esquilo,* repete tia Maria, com uma voz muito baixa, voz de fada mesmo, *Era bonitinho, chamar o Miti de Esquilo,* ela diz outra vez, e depois fica pensando,

pensando. Não sabe que a gente tirou essa ideia de um livro de figuras, e eu também fico com preguiça de contar para ela.

Descemos todos do carro e entramos no pátio da casa, e eu vou na frente, pisando devagar a grama úmida de sereno. Enfiar a chave na fechadura dá uma trabalheira danada, até parece que Miti está lá, do lado de dentro, fazendo força para que eu não consiga abrir a porta, empurrando com o peso do seu corpinho magriço, porque não quer que a gente chegue e encontre a casa vazia dele, porque tem vergonha de não estar mais, dia após dia, numa contagem infinita que nenhum número jamais vai alcançar.

A porta se abre e Miti não está mesmo ali. *Bem*, diz a tia, *Quantos sanduíches você vai querer, Tedda? Dois,* eu respondo, *Dois,* diz Paula, com voz de sono, só para me imitar. A tia sorri, *E você, Machado? Três, Vou querer três sanduíches, Maria.*

Machado é adulto e come mais do que a gente.

Tia Maria vai para a cozinha, acendendo as luzes pelo caminho. Sentado no sofá roxo da sala, Machado me pergunta assim do nada: *Qual é a matéria que você mais gosta de estudar, Tedda?* E eu respondo, *Geografia*.

Mas não é verdade. Eu menti. Menti bem mentidinho, sei lá por que, talvez porque, lá no fundo, Machado seja um cara chato e esteja falando demais. Apesar de falar difícil e saber tudo-tudinho sobre latim, o noivo da tia não conhece essa coisa da *hora,* e agora não é a *hora* de falar em geografia ou matemática ou qualquer coisa assim, agora é hora de ficar sentado no sofá roxo, pensando no Miti.

Mas Machado diz, *Muito bem, Tedda, Geografia é um assunto extremamente rico, através dela se pode entrar em contato com outras culturas, outros modos de vida.* E o namorado da tia vai falando e falando, até que Paula o interrompe e pergunta: *Amanhã a gente tem que ir à aula? Acho que sim,* responde o Machado, com a certeza de quem já decidiu milhões de coisas sobre nós. *Apesar de tudo a vida continua,* diz o Machado, filosoficamente.

Apesar de tudo.

Da cozinha vem o barulho sutil de uma fada fazendo sanduíches de queijo.

Bem longe dali, um menininho vive dentro do seu Lago.

Impresso no Brasil pelo
Sistema Cameron da Divisão Gráfica da
DISTRIBUIDORA RECORD DE SERVIÇOS DE IMPRENSA S.A.
Rua Argentina, 171 – Rio de Janeiro, RJ – 20921-380 – Tel.: (21)2585-2000